Cartagena

David Erlay

DIE FRAU, DIE ENDLICH ERKANNT WERDEN WOLLTE

Vatikan-Novelle

KONKLAVEFIEBER

„Inhaliert habe ich es ja immer noch nicht", seufzte Julia.

„Geht mir genauso."

„Mein Bruder, der Kardinal. Ein so junger hat noch nie am Konklave teilgenommen, in der jüngeren Geschichte nicht."

„Sicher?"

„Verlasse mich auf Google."

„Bloß ein weltlich Ding, so eine Suchmaschine", lächelte er. "Bin es aber wohl, der Benjamin unter den vielen angerosteten Eminenzen. War es früher schon."

„Früher – wie sich das anhört."

„Wie hört es sich denn an?"

„Als spräche da ein Uralter. Dabei bist du doch das Gegenteil."

„Bin so manches."

„Wie, tatsächlich zwischen uns noch Geheimnisse?"

„Eigentlich nicht."

„Dachte immer, wir erzählten uns alles."

„Bitte, wir sind hier, um uns zu verabschieden."

„Gott sei Dank nicht für immer."

Dabei war ihnen genau danach zumute. Als wäre ihre Trennung eine ewige.

„Wer weiß, was in deiner Laufbahn noch bevorsteht."

Viel blieb da ja nicht mehr übrig.

„Bloß nicht", sagte er.

„Aber ist es nicht merkwürdig, dass deine Erhebung noch so kurz vor seinem Ableben geschah, in buchstäblich letzter Minute?"

Es stimmte: Clemens war umgefallen – und aus und vorbei. Sofort nachdem der Akt vollzogen war – der Akt, ihn, Alexander, betreffend.

„Die Tinte war noch nicht trocken", sagte Julia fröhlich. „Und nun bist du sogar im Adelsstand. Ist doch so, oder?"

„Ich glaube, ja.“

„Heuchler, du weißt es.“ Herrje, war sie glücklich. „Du solltest einfach noch Kardinal werden“, sagte sie. „Damit du am Konklave teilnehmen kannst, damit man dich dort …“

„Hüte deine Zunge“, sagte er. Immerhin, theoretisch war es möglich.

Aber eben nur theoretisch.

Trotzdem zog sich irgendwas in ihm zusammen.

Jedenfalls versuchte er mit aller Kraft, sich aus der Hektik der Vorphase herauszuhalten. Jedes Konklave war ein Thriller. Schon jetzt glühten alle nur möglichen Drähte. Namen flatterten bereits wie Vögel am Himmel. Welchem würde am Ende der allerhöchste Glanz verliehen werden? Clemens hatte sich, für die meisten nicht nachvollziehbar, nach Art des einsamen Wolfs zunehmend in abgelegene Zonen vorgewagt. Theologisch zuletzt unten durch. Manchen aus seinem Rudel zerbiss er auch. Insofern große Erleichterung, dass er plötzlich wie ein verschlungener Fisch verschwunden war und der See wieder glatt – für den Augenblick. Gelobt sei Jesus Christus. Die Floskeln sprudelten dennoch. Nicht dass es Clemens an Mut und Vision gefehlt habe, doch sein Boot: brüchiges Material. Untätig sei er zwar nicht geblieben, weiß Gott nicht, doch seinem durchaus beachtlichen Atem habe das feste Land gefehlt, bloß Wellen, kein Ufer. Goldene Zeiten also für Nachruf-Schleimer. Tatsache war, die Kirche kroch im ersten Gang. Da saßen in der Kurie durchaus fähige und vor allem kluge Leute, denen klar war, was die Stunde geschlagen hatte. Aber die Fanfare, die Clemens ertönen ließ, brachte seine stur auf Elite bedachte Truppe nicht zum wirksamen Trab, drang auch nicht durch zur eingenebelten kirchlichen Öffentlichkeit. Ein Kommentator nicht unzutreffend: Das Zeug quasi zum Zimmermann, zum rechten Anpacken, es habe ihm einfach gefehlt (mit Hinweis sogar auf Josef von Nazaret, dem Ernährer von Jesus, welcher, wie bekannt, in besagtem Handwerk zuhause). Mithin lediglich ein Lüftchen, kein schöpferischer Sturm. Der päpstliche Vorstoß, er hatte nicht zur Folge, dass die geknickten Bäume sich aufrichteten, neue Zweige und Stämme sich bildeten. Alexander wusste schon, weshalb Julia seine neue Position in Erregung versetzte. Er, so hoffte sie, könnte den kommenden „Chef" bewegen, das lähmende Knirschen zu beenden, das Heft in die Hand zu nehmen und das irdische Haus Gottes neu zu decken.

Seine Schwester Julia. Aber sie hatte ja recht. Sie war nach Rom mitgekommen, der Kampf konnte beginnen, und sie würde ihm beistehen.

Und erst recht stünde sie an seiner Seite, sollte er selbst …

Alexander wusste, was alles manchmal im Hirn seiner Schwester spukte, doch keine Sekunde erwog er die Möglichkeit, dass es, Neuling, der er im Kardinalsgremium war, bei der Wahl zum Papst auf ihn zulaufen könnte. Was sich bei einem späteren Konklave ergeben mochte ...? Worauf es diesmal für ihn ankam: dass er mit seiner Stimme dem Richtigen – wer mochte es sein? – Geleitschutz nach oben gab. Im Grunde freilich besaß das Ganze für ihn noch eher den Charakter eines Schauspiels, in dem er mehr Zuschauer als Mitwirkender war.

Redete er sich ein. Das Vertrackte nur: Irgendwie war er doch mittendrin. Plötzlich konnte es die natürlichste Sache sein, gewählt zu werden, bei gleichzeitiger Gewissheit, dass dies nie und nimmer der Fall sein würde. Dabei hatte das Konklave noch gar nicht begonnen. Das Merkwürdigste: Er nahm teil, obwohl er bereits jetzt nicht sein durfte, was er war. Es gab Zeiten, da vergaß er, wie es um ihn stand, aber dann schoss es wie eine Stichflamme in ihm hoch, und seine

Situation war ihm wieder bewusst. Seine Lage, sie war durch und durch verfahren, himmelschreiend, und doch hielt er aus, blieb in der Arena, ein Schicksal, ebenso gewollt wie verrucht, mutterseelenallein schlug er sich damit herum, nicht mal Julia war eingeweiht, obwohl ihn das in die fast größte Unruhe versetzte. Er fand, sie müsste es wissen, und doch hatte er sein Coming-out immer wieder hinausgeschoben. Wenngleich er schon oft gedacht hatte: Warum merkt sie nichts, gerade sie müsste es doch merken. Oder wartete sie nur darauf, dass er das Wort ergriff? Aber unmöglich könnte sie stillhalten, wenn da tatsächlich eine Ahnung, ein Verdacht hoffentlich nicht, in ihr wucherte. Dafür war ihr Verhältnis einfach zu – ja, zu intim. Immer hatten sie einander alles gesagt. Doch eben nur so gut wie alles, was ihn betraf. Leider. Darum musste es jetzt endlich geschehen, gerade jetzt. Aber was hieß „musste", wenn jede Sekunde verstrich. Es war ein Abgrund.

Dabei: Wie schön, wie strahlend hatte es angefangen. Zum Beispiel die Messdiener-Zeit. Natürlich er wieder der Jüngste, der Kleinste auch. Ein Winzling am Altar. Da hatten sie beide geglüht vor Stolz, er *und* Julia. Aber er hatte sie neben sich haben wollen, als Messdienerin. Nur: Der damalige Pfarrer war ein konservativer Knochen gewesen. Mädchen mit dem Weihrauchfass? „Aber es sind doch so etwas wie Engel", hatte er einmal dagegengehalten, musste da keineswegs tapfer sein. Immer wieder war das priesterliche Arschloch (dieses Prädikat verlieh er ihm damals freilich nicht) von ihm bekniet worden, doch mehr als knurrende Anerkennung kam nicht dabei heraus: „Ist ja schön, wie du dich für deine Schwester einsetzt."

Ein Glück beinahe, dass er selbst zugelassen worden war, bei seinem Alter, seiner Statur. Der Pfarrer blieb ein Sturkopf, auch wenn in anderen Gemeinden Mädchen längst willkommen waren. Der Himmel hatte indes ein Einsehen und ließ den sogenannten Geistlichen Rat krank und amtsunfähig werden. Für den Nachfolger war es dann gar kein Problem: Sakristei und Altar wurden nun auch von Mädchen in Beschlag genommen. Oft versahen Alexander und Julia gemeinsam den Dienst, ja nicht nur eine ernste, sondern durchaus auch unterhaltsame Angelegenheit.

Auch sonst: Sie waren wie eine einzige Linde. Dass Julia ein Mädchen, er ein Junge, sie empfanden es nicht als Unterschied. Ein beinah paradiesischer Zustand. Da wuchs in der Tat zusammen, was zusammengehörte, wobei Alexander immer das Gefühl hatte, dass *er* es war, der sich hinüber begab, sich an- und sich einschmiegte. Motto: Wie die Schwester, so der Bruder. Symbiose. Von den Eltern wurde nicht gegengesteuert, sie waren auch zu sehr mit sich selbst beschäftigt. Was allerdings nicht hieß, dass der Mutter die vertrauliche Gemeinsamkeit bei ihren Kindern verborgen blieb. Das zeigte sich sogar bei und an der Gartenhecke. Da immer wieder überwuchert von Heckenrosen, ließ sie sie von Zeit zu Zeit lichten, sodass man durch sie hindurchblicken konnte. „Verstecken hinter Hecken kommt bei mir nicht in Frage“, war einer ihrer Sprüche, und sie nahm in Kauf, dass auch ihr Mann sich jedes Mal ärgerte, wenn das „Rosen-Fest“ – so sagte er wirklich – ein weiteres Mal aufgrund ihrer Pflegewut gestört wurde. Mit dem Ausdruck „Rosen-Fest“ konnte seine Frau sich ohnehin nicht abfinden: „Dieses gewöhnliche Zeugs? Sie duften ja nicht einmal richtig, deine Heckenrosen.“ Für Alexander und Julia bildete die Hecke mit ihren Rosen das Reich der Märchen, *ihrer* selbst erfundenen Märchen, die sie sich in einer Art Höhle erzählten. Manchmal kam die Mutter vorbei, lugte in das Nest, minutenlang mitunter, sodass den Kindern nicht gerade angst und bange wurde, doch es fröstelte sie, ließ sie noch enger zusammenrücken. Kopfschüttelnd entfernte sich die Mutter schließlich, immerhin, sie hatte sie nach nichts ausgefragt, doch sie waren froh, als die Schritte sich entfernten. So ähnlich hätte sich auch eine Schlange zurückziehen können. Gefahr vorbei, herrlich. Gewisse Parallelen gab's zu den Aufenthalten im Zimmer von Julia, entdeckungssüchtige Aufenthalte, denen die Mutter aber ihren Lauf ließ: So war es halt, in diesen krausen Jahren. Wurde ihr auch von beiden hoch angerechnet. Mit ihrem Mann dafür im Dauergespräch, wobei die Probleme meist berufliche Dinge betrafen, seine. Dramatische waren es nicht, denn ihr Vater saß an einem Schreibtisch der Stadtverwaltung, kümmerte sich hauptsächlich um die Wasser- und Stromversorgung, soweit sie das mitbekamen. Für sie ganz Vater, weil Beschützer. Ihm hätten sie etwas sagen, gestehen können, ohne es erklären zu müssen. „Turm" nannten sie ihn oft. Dauernd gaben sie Menschen und Dingen ihre eigenen Namen und Bezeichnungen. Dass der Vater die Heckenrosen mochte wie sie selbst, verlieh ihm für sie noch einen besonderen Wert. Seinen Ausdruck „Rosen-Fest" übernahmen sie, fanden ihn irgendwann aber nicht mehr passend, nicht für den heimischen Garten. Das wahre Fest, sie erlebten es nämlich ein paar Häuser weiter, wo der Garten fast ein Park war. Eine Frau hatte sie nach dort eingeladen, eine Nachbarin. Schützenfest war, von den Eltern freilich bis auf die unumgängliche Fahne negiert. Julia und Alexander standen jedoch draußen unter dem Torbogen, auch er war notgedrungen geschmückt, und sahen sich den schmetternden Zug der vorbeimarschierenden Schützen an. Julia hatte sich zwei Heckenrosen ins Haar gesteckt, besagte Nachbarin sprach sie darauf an, fügte hinzu, nun mit Blick ebenfalls zu Alexander: Rosen wüchsen bei ihr auch, richtige, und wenn sie wollten, könnten sie kommen und sie sich ansehen. Was sie taten. Zum Ärger allerdings der Mutter, der ihr wie immer nur anzumerken war, ihn sich erklären konnten die Geschwister erst später.

Der Garten, der Beinah-Park der Nachbarin. Ihre Beete und die künstlich angelegten kleinen Terrassen, das *wahre* Rosen-Fest. Julia vor allem tauchte ein in diese betörende Welt, freudig beobachtet von der Besitzerin, die am Wohnzimmerfenster stand und jede Szene aufsaugte. Dieses Kind, wie verzaubert es war, wie es den Bruder an die Hand nahm, ihn sich hinunter beugen hieß. „Wer spricht von verdorbener Jugend", fragte sie abends ihren Gatten, Direktor eines Textilbetriebs. Aha, Direktor, während der andere, der Vater von Julia und Alexander, zwar ebenfalls sich Hausherr nennen durfte, aber nur auf ein Stück Wiese – hauptsächlich für die Wäsche – verweisen konnte, vor allem jedoch sich beruflich und gesellschaftlich etliche Etagen tiefer vorfand, sodass, kurz gesagt, die Situation eine war, welche seine Frau und die Mutter der beiden Rosenverliebten nur grollend hinzunehmen vermochte, obwohl die Wasserversorgung doch auch ihr am Herzen lag, mehr beinah noch als dem Ernährer der Familie. Dies, wie gesagt, die Lage aus der Rückschau, da waren Julia und Alexander bereits erwachsen. Zur Kinderzeit wurde der Garten der Nachbarin schon bald ihr eigener: „Fühlt euch wie zuhause", hatte die Frau gesagt, worauf Alexander allerdings erschrak: Die heimische, doch eher bescheidene Umgebung sollte auch hier gelten? Die Heckenrosen gleichgesetzt sein mit der Pracht hier? Da konnte Julia rasch aufklären. Später meinte sie, was sie beide so angezogen habe sei wohl das unbestimmte Gefühl eines Himmels auf Erden gewesen, eines irgendwie vorweggenommenen. Das hielt selbst er für übertrieben, für *weit* übertrieben. Zumindest was sie beide betraf. Doch Julia mochte es ja so empfinden. Noch später, da schon Bischof, schenkte er ihr sogar eine Rosenuhr, von Chanel. Julia konnte überhaupt gut erklären, in Worte fassen, etwas prägnant beschreiben.

Hinterfragen tat sie ebenfalls gern, es war fast schon eine Manie. Eine Antwort musste her, und wenn es eine offene war. „Du breitest aus wie ein Tischtuch", kommentierte er gern. Als er die Mitra trug, sagte sie: „Der Mensch geht, der Bischof schreitet." Früh war für sie klar: Es wird in seinem Fall nicht bei der Funktion des Messdieners bleiben, er würde dereinst selbst den Wein trinken und das Brot beziehungsweise die Hostie brechen. Alexander nahm es ohne Erstaunen hin, obwohl er daran noch nie gedacht hatte, war aber unbewusst vielleicht froh über eine solche Zukunft: War er Priester, musste er sich von Julia nicht trennen, konnte sie bei ihm bleiben. Dass sie bei ihm leben, sich an einen anderen Mann nicht binden werde, setzte er wie selbstverständlich voraus, sie ja ebenfalls. Er und sie hätten es auch vorausgesetzt, wäre von einer priesterlichen Laufbahn gar nicht die Rede gewesen. Gut, zur Rosenzeit waren sie noch die Königskinder, die kein Wasser trennte, aber sie wurden schließlich erwachsen, oder? Ja, sie wurden erwachsen, ohne Folgen jedoch. Mochten sich die Umstände ändern: Ihr Verhältnis blieb das gleiche. Und es war, wie es war. Erörtert wurde die Lage sogar von Julia nicht, *diese* nicht.

Aber etwas änderte sich doch, unter Beibehaltung ihrer Symbiose. Alexander wurde zum Fremden im gemeinsamen Land. Er hätte das nicht sein müssen, aller Wahrscheinlichkeit nach nicht, wäre er der gewohnten Linie weiter gefolgt. Oder hatte er unbewusst Angst, ihre Insel würde auseinanderbrechen? Okay, wäre er nicht geweiht, wäre die Situation vielleicht eine andere. Dass er zudem nach oben gehievt wurde, verstärkte das Problem möglicherweise. Erst mal allerdings nur für ihn, nicht für ihr Verhältnis. Es konnte sie aus der Fassung bringen, sehr sogar, kaum aber das Band zwischen ihnen brüchig werden lassen. Entscheidend und verhängnisvoll war nur eines: sein Schweigen. War der Rest, der Rest ihres Lebens das: sein Schweigen? Das konnte, durfte nicht sein. Ausgeschlossen, dass, bliebe er stumm, ihre Insel die Seligkeit behielte. Was hieß: behielte, längst hatte er ja den Frevel begangen, ihr die Unschuld des ursprünglichen, paradiesischen Zustands genommen. Etwas wird nicht ungeschehen dadurch, dass ein Beteiligter unwissend ist. Der ihm nächste Mensch, der, welcher durch kein Wasser von ihm getrennt war, wusste von nichts. Das konnte sogar töten. Julia könnte so verletzt sein, dass allein dies ihre Gemeinsamkeit zerstören würde. *Zerstören.* Schon jetzt hatte er ihren kostbarsten Schatz, das uneingeschränkte Vertrauen, schändlich beschmutzt. Schweigen ist Gold? Wenn er nur an diesen einen Tag dachte.

Safrangelb der Weizen, ein Wind wie ein Lied, keramikblau der Himmel, einzelne Wolkenschiffe und eine Luft, als wäre sie gerade erst geschaffen. Wieder ein Fest – und jetzt das schönste. Und doch auch ähnlich dem der Rosen, irgendwie. Er über ihr, aber nach vorn hin, nicht das Übliche. Das heißt, beinahe nicht, denn als ihr Mund geöffnet und bereit war, sein sonst so lächerliches Anhängsel, welches seine Milch mit Freuden loswerden wollte, hörten sie sich – nach künstlichem Husten – „Kinder, Kinder" genannt, stand der, der den Zuruf zu ihnen schickte, nur wenige Meter von ihnen, mitten im Feld, dem wogenden. Mann mit Strohhut, offenem Hemd, vor allem mit dem freundlichsten Gesicht. Er hätte es nicht zu sagen brauchen, doch er sagte es: „Jung war ich schließlich auch mal." Und weg war er im sonnenhaften Gewoge. „Jetzt können wir", sagte Julia, ließ sich dabei zurück fallen auf die krümelige Erde, die sie schon vorher zum „schönsten Teppich" gemacht hatte. Nun war es soweit, fast, denn er hatte sich einen Augenblick noch sammeln, die Staumauer endlich auflösen müssen. Aber dann vollzog sich's wie gewünscht, wie vorgestellt. „Auch eine erste Kommunion", sagte Julia danach. Darauf musste man erst einmal kommen. Darüber, nach was es für sie eigentlich geschmeckt hatte, hatten sie nicht gesprochen an jenem Nachmittag, es war einfach kein Thema gewesen im Glück des Erlebten. Sie hatten nur dagelegen, dann gesessen, hinter ihnen die Halme wie ein lichtes Gitter, Julia dauernd mit ihren Haaren zugange, er sich immer wieder zu ihr und über sie beugend, Lippen zu Lippen, keine Worte fast, nur Blicke, Berührungen.

Und doch hatten sie an den folgenden Tagen das Gefühl des Unabgeschlossenen. Bis Alexander den Schlüssel fand: Beichte, gemeinsame. Nicht, als ob da ein Sündenbewusstsein, überhaupt nicht, aber das Gefühl, bekennen zu müssen: das, was geschehen an jenem Julinachmittag. Da Beichte ja ein Sakrament, erhielt auch das Ereignis eine Art von Weihe, nachträglich. So argumentierte einer, der inzwischen Julias Vorhersage als richtig erkannte, der also tatsächlich Priester werden wollte, sich schon in diesem frühen Alter sicher war. Und der natürlich wusste, dass der Charakter der Beichte ein grundsätzlich anderer war. Dort wurde vergeben, das Vorgefallene aber keineswegs dadurch geheiligt, weil der Akt des Bekennens einen sakramentalen Rahmen besaß. Alexander dachte sich da etwas zurecht, wurde aber von Julia darin lebhaft unterstützt: Gemeinsame Beichte, das war beinah so etwas wie ein gemeinsamer Akt. Doch war das in der katholischen Kirche überhaupt möglich, als Paar zu beichten, außerhalb des Beichtstuhls, etwa in der Wohnung eines Geistlichen? Alexander fragte seinen Religionslehrer, mit dem er konnte, und der, obwohl mit einem solchen Fall noch nie konfrontiert,

16

wusste von keiner prinzipiellen Schranke, ob das aber nun wirklich von Nutzen sei, dies werde man sehr wohl bedenken müssen. Alexander hatte schon jemanden im Auge, einen, mit dem er einerseits keinerlei Umgang pflegte, von dem er sich aber vorstellen konnte: mit dem war das durchzuziehen. Er rief also an, schilderte, erhielt ein Ja, einen Termin.

Julia und er jubelten. Heiß war ihnen aber auch. Und sie hatten Herzklopfen, als sie läuteten.

Was ihnen sofort auffiel: das riesige Kreuz – einfach ein Kreuz. Der Vikar, darauf angesprochen: Der Tod Jesu sei das Tor zur Auferstehung, zum ewigen Leben gewesen, da solle man nicht die erbärmliche Art, wie ihn der Mob zu Tode gepeinigt habe, zur Schau stellen. So in etwa und auch ausführlicher. Dann das Eigentliche, wobei Julia Alexander das Wort überließ. Sofort, um das klarzustellen: Hier handle es sich nicht um eine Beichte im üblichen Sinn, um gar keine Beichte, ehrlich gesagt, denn zu bereuen gebe es nichts, rein gar nichts. Gleichwohl seien sie der Ansicht, es müsse ihr Handeln vor einem Priester offengelegt werden, letztlich vor Gott also. Der Nachmittag im Weizenfeld, er sei ein doppelter Vollzug gewesen, ein, ja, eben ein fleischlicher, aber darüber hinaus auch ein quasi religiöser – so, wie Liebende sich das Sakrament der Ehe spendeten, sie selbst, nicht ein Geistlicher. Ja, ungefähr so. Während er sprach, schaute er immer wieder zu Julia hinüber, die dann eifrig nickte. Ihr Priester, tiefernst, hörte ohne jede Unterbrechung zu, lächelte manchmal, aber nicht so, wie man über Kinder lächelt. Was auch nicht bei ihm fiel, war das Wort „Geschwisterliebe", und um eine solche handelte es sich doch hier. Sah er einfach nur Liebende vor sich, zwei, die bekennen wollten, dies mit der ausgeliehenen Würde einer Beichte? Unerwartet lenkte er zu einem Gebiet über, das ihm offensichtlich am Herzen lag: Fehlverhalten, *christliches*

Fehlverhalten in der Gesellschaft, in der persönlichen Umgebung. Da konnten sie nun mit wirklichem Verschulden aufwarten, sodass am Schluss das *Ego te absolvo* gesprochen wurde, ganz richtig mit der violetten Stola. Und dabei knieten sie auch. Was für eine Stunde.

Eigentlich wollten sie nach der Lossprechung gleich gehen, aber dann unterhielten sie sich doch noch länger. Der Anstoß erfolgte durch den Priester, berührte den ersten Teil ihrer „Beichte". Der Priester redete von Lebensformen, wie sie auch in der Kirche immer mehr Eingang fänden beziehungsweise ins Bewusstsein durchsickerten. Er berichtete von einer Nonne, der das Unerhörte gelungen sei, ihre verschlossene Existenz nach außen zu kehren. Eine Lesbierin. Da kam nun nichts grundsätzlich Neues ans Licht, zu allen Zeiten schon trieb man es hinter mehr oder weniger dicken Mauern in allen geschlechtlichen Variationen, doch selbst, wenn die Öffentlichkeit davon erfuhr, blieb der Eindruck eines heruntergelassenen Vorhangs. Nun gab aber die Nonne, eine in gehobener klösterlicher Funktion sogar, laufend Interviews, schrieb Artikel, stellte sich und ihre Freundin vor, eine, die nicht mal wie sie Ordensangehörige, sondern Lehrerin an einer weltlichen Mittelschule war, auf irgendeine Weise hatten sie Bekanntschaft gemacht und sich auf der Stelle ineinander verliebt. Und sie, die Nonne, dachte nicht daran, die eigene Gemeinschaft zu verlassen, obwohl erheblicher Druck auf sie ausgeübt wurde. Julia erinnerte sich schwach, von dem Fall gehört zu haben. Toll wäre es natürlich gewesen, sie und ihre Geliebte hätten auch innen, vor allen anderen, ihre Liebe ausdrücken können, aber das blieb natürlich Utopie. Blieb? Sie ging jedenfalls nicht, bewies damit, bestärkt von immerhin zwei Mitschwestern, eine immense Standhaftigkeit. Da hatte es ihr Kampfgefährte einfacher, obwohl auch er unter Beschuss geriet. Ein Dominikaner, der mit den Jahren, erst verhältnismäßig spät, seine Homosexualität entdeckt beziehungsweise sie sich eingestanden hatte: endgültig bei einer Sext, dem Mittagsgebet. Sext und Sex, pflegte er hinterher zu sagen, fand das wohl ganz originell. Einen Namen erwarb er sich, indem er lautstark dafür eintrat, dass Frauen geweihte Priesterinnen werden können. Auch dies seinerzeit noch ein Untergrund-Thema, welches der Mensch in der hellen Kutte bei allem Engagement nicht zu einem allgemeinen machen konnte.

Heute war es das, entsprechende Forderungen wurden weltweit erhoben. Ein brennendes Anliegen des Dominikaners war natürlich, Homosexuellen in der Kirche keine Balken in den Weg zu legen. Auch bloß ein Anliegen, denn Erfolge hatte der Ordensmensch keine. Da Mann, konnte er sich freilich besser durchboxen als seine Freundin, die lesbische Nonne. Das alles war nun schon eine sehr lange Weile her, das Gespräch unter dem riesigen Kreuz hatte stattgefunden zu einem Zeitpunkt, als Genderfragen vor allem in der Kirche noch tabu waren, und wenn ihr Geistlicher meinte, von Tendenzen zu reden, nahm er die Zukunft weit vorweg. Er redete von Dingen, die damals noch überhaupt nicht spruchreif waren, und die von ihm zitierten Fälle: nicht mehr als Lichtpunkte auf einem starren Atlas. Alexander musste oft daran denken, und selbst ihm fiel es schwer, die frühe Zusammenkunft angesichts seiner persönlichen Situation nicht als eine Art Vorsehung zu empfinden. Die Wohnung des Geistlichen verließen sie wie im Taumel, in einem noch glühenderen als der, den sie im Weizenfeld erfahren hatten. Wie im Taumel, allerdings nicht gerade wie die Unschuldsengel, hatte der Priester ihnen doch sehr eindringlich christliche Verantwortung vor Augen geführt.

Langsam wandelte sich die Zeit aber doch. Bis zum ersten Unisex-Klo in einer amerikanischen Schule allerdings dauerte es. Eine Schülerin nämlich, die sich zum Jungen erklärt hatte, musste darum kämpfen, nun auch das Jungen-WC benutzen zu dürfen. Was die Kirche angeht, so wurde sie offener, der klerikale Forst lichter. Das berühmte Konzil, es hinterließ Spuren. Wind war gesät. Davon profitierte selbst die, wenn auch immer noch als ketzerisch betrachtete geistliche Nachbarschaft, etwa wenn ein leibhaftiger Bischof einer lutherisch-evangelischen Landeskirche Aufführungen im Stadttheater dazu nutze, dort kurze Predigten zu halten, meist bezogen auf die jeweilige Darbietung. Worte des Paulus zu Worten von Sartre (damals wurde er noch gespielt). Als sie einmal aus einem Wäschegeschäft traten, stieß Alexander mit dem ihm praktisch vorgesetzten Stadtdekan zusammen, blickmäßig. Der erstarrte: Was hatte ein Priester seines Hoheitsgebietes mit einer Frau in einem Miederwarengeschäft zu suchen? Die erwartete Folge, ein geharnischtes Gespräch, blieb allerdings aus, erstaunlicherweise. Hätte er ihm gebeichtet, wie es in Wahrheit um ihn stand?

Nie und nimmer natürlich. Kein Zweifel aber, es sprengte alle Grenzen.

Sein Leben, zunehmend, eine unerhörte Begebenheit.

Er könnte mithin sagen: eine Novelle.

Was Alexander auch in Rom nicht losließ, war die Neubearbeitung seines Buches über Maria, geheißen die Gottesmutter. Ein Werk, das auch im Zusammenhang mit seiner Erhebung in den Medien genannt worden war – als Qualitätsmerkmal sozusagen. Zwar kein Bestseller, aber immerhin in mehrere Sprachen übersetzt und mit guten bis sehr guten Kritiken eingerahmt, eine sogar vom heiligen „Osservatore". Das Buch hieß, etwas irritierend, „Maria, die

Frau“, was auf den ersten Blick verwundern konnte, denn dass sie eine Frau war, davon war schließlich auszugehen. Aber eigentlich war ja klar, dass der Autor hier anderes meinte, nämlich Maria als menschlich-frauliche Erscheinung. Dennoch hatte er sich nicht ganz lösen können vom Bild einer lilienweißen Lichtgestalt, hatte Maria auf dem Sockel der „unbefleckten Empfängnis“ belassen. Zwar eine Mutter, aber keine von dieser Welt. Letztlich eine fleischlose Frau. Von diesem Maiglöckchen-Altar hatte er sie ohne Zweifel entfernt, nicht jedoch gestürzt – eine Maria der monatlichen Periode war es noch nicht geworden. Hätte er Julia das Manuskript vorher gezeigt, hätte die ihn auf seine verschwommene Darstellung aufmerksam gemacht: „Absicht gut, Ausführung mäßig. Drei minus.“ Doch er hatte ihr die Arbeit vorenthalten, einfach, weil er sie überraschen wollte. Wirklich, nur aus diesem Grund. Wohl hatte sie öfter gefragt, warum sich denn so viel Maria-Literatur auf seinem Schreibtisch staple, doch er hatte sich mit irgendwelchen passablen Ausflüchten beholfen. Wie lachhaft. Als wolle er ein Weihnachtsgeschenk verbergen. Aber genauso war es gewesen.

Die für ihn erstaunlichste mediale Reaktion damals: die Rezension in der „Zeit“. Da war er mit dem „theologischen Berberlöwen“ Augustinus verglichen worden. Der hatte ja der noch jungen Kirche entscheidende, aber oft fragwürdige Fundamente gelegt. Und mit diesem genialen Hitzkopf sollte es Gemeinsamkeiten geben? Abgesehen davon, dass es natürlich höchst schmeichelhaft war, mit dem nordafrikanischen Kirchenmann in einem Atemzug genannt zu werden. Doch welche Parallele hatte die Autorin des Artikels im Auge? War es die Wucht der Aussagen, die sie auf den Verfasser von „Maria, die Frau“ übertrug? Dabei war er doch noch ganz zahm vorgegangen. Also, hinsichtlich Augustinus blieb die

Besprechung nebulös, und auch Julia konnte nur spekulieren. Einen Moment war er versucht gewesen, sich mit dieser Renate Schlömilch – was für ein Name – in Verbindung zu setzen, hatte es dann aber gelassen. Rezensionen sollte man hinnehmen, nicht diskutieren. Eine charakterisierende Formulierung zu Augustinus hatte ihm noch besonders gefallen: „Schwarz glänzender Felsblock in der Wüste". Interessant war ihm Augustinus immer gewesen, in erster Linie durch dessen Verhältnis zu seiner Mutter beziehungsweise wegen der anmaßenden Fürsorglichkeit, mit dem diese ihren Sohn bedrängte. Das Musterbeispiel einer vergewaltigenden Mutter-Sohn-Beziehung. Seitdem hasste er den Namen Monika. Erdrückende Liebe. Widerlich. Trotzdem hatte Augustinus es ja geschafft, mit seinem Mädchen und seinen Leidenschaften zu leben.

Jetzt also war er in jeder freien Minute dabei, Maria in Form zu bringen, in ihre wahre Form als durch und durch weibliches Wesen. Eine gute Gelegenheit auch, eine etwas verunglückte Beschreibung in seinem ersten Buch in eine geglückte umzubügeln. Dieser schwarze Fleck, der einzige, war auch in fast jeder Besprechung bemäkelt worden, zu Recht. Und zwar hatte er einen verwegenen Bogen zu der amerikanischen Frauenrechtlerin und Soziologin Charlotte Perkins Gilman geschlagen, die sich in der ersten Hälfte des vorigen Jahrhunderts kritisch auch mit Religionsfragen beschäftigt hatte, im Hinblick auf die Frau natürlich. Dabei war ihr Bekenntnis zum Leben, zum Hiesigen, als eine wesentliche Antriebsfeder zur Religion bei ihm zu verquast weggekommen. Jetzt wollte er diesen Schutt wegräumen und die psychisch stets gefährdete Gilman ohne missverständliches Rankenwerk als Anwältin selbstbestimmten weiblichen Daseins hieb- und stichfest darstellen. Nicht, dass er dabei Maria nun zur

Feministin umzumodeln gedachte, doch wie bei einem alten Fresko wollte er Züge bei ihr freilegen, die sie auch zu einer Genossin der Charlotte Gilman hätte machen könnten. Überhaupt war sein Umgang mit der Frau aus Palästina jetzt noch viel unbelasteter, mutiger, es war, als reiße er eine uralte Tapete herunter und in Fetzen. Auch sprach er nun oft von Mary statt von Maria – ein Gag, den Julia vielleicht streichen würde, obwohl: Er wollte die Mutter von Jesus dadurch einfach noch stärker in die Wirklichkeit holen. Wie vielen Frauen in der Welt und Literatur hatte sie schon ihren Namen gegeben. Maria hieß etwa die Heldin von Hemingways „Wem die Stunde schlägt", und es störte ihn da kein bisschen, passte vielmehr. Wer war weiblicher als diese spanische Maria? Wirklich, musste nicht sein, das mit Mary, und es lohnte sich nicht, deswegen ein Stirnrunzeln der Glaubenskongregation zu riskieren, mindestens ein Stirnrunzeln. Es sollte die ernsthafte Arbeit eines ernsthaften Autors sein.

Natürlich wurde ihm klar: Es handelte sich bei seinem Buch auch um eine Projektion. Um *ihn selbst* ging es, um seinen Wechsel in eine neue Existenz. Der aber, davon war er überzeugt, gar kein richtiger Wechsel, sondern die Entfaltung von etwas Vorhandenem war, seit der Geburt Vorhandenem. Und seine Schwester hatte dazu einen entscheidenden Beitrag geleistet. Er, das drängte von Tag zu Tag deutlicher in sein Bewusstsein, sein Gefühl, er war kein anderer als *sie.* Ihre, seit der Kindheit vorhandene, Verbundenheit, sie umfasste mehr als geschwisterliche Symbiose, war Schlüssel zum eigenen, seinem tatsächlichen Ich. Mitunter fragte er sich, ob er auch ohne Julia die Stunde der Wahrheit erfahren hätte. Vermutlich schon, denn jedes Eis schmilzt einmal, ob mit oder ohne Sonne. Dennoch aber war er Priester geworden. Ihm ein Rätsel, dass er bis heute nicht zu lösen vermochte. Nein, stimmte ja gar nicht. Denn einen Widerspruch hatte er letztlich eben *nicht* gesehen. Warum sollte ein Priester keine Frau sein, eine Frau kein Priester? Umstürzlerisch genug, aber er ging ihn, diesen Weg. Mal im Taumel, mal selbstbewusst.

Und immer mit Julia an seiner Seite. Dass einmal doch eine neue Situation entstehen könnte – so völlig ausgeschlossen hatte sie das selbst nicht, denn sie machte sich nichts vor: Eine Liebe konnte kommen wie ein plötzlicher Regen. Zwar, sie wünschte es sich nicht, aber sie hielt es nicht für unmöglich. Den gesunden Menschenverstand, den gab es schließlich. Und eigene Kinder – das war durchaus ein Traum, keineswegs ein Albtraum. Tatsächlich gab es die Affäre Marcel, zu ihrer Überraschung, nicht zu ihrem Ärger. Und hinterher stand fest: Wenn mit einem anderen, dann wäre es Marcel gewesen. Und immerhin: Ihm schrieb sie noch. Mit Wissen der Frau, die er nachher geheiratet hatte, eine Lina. Gar nicht mal ein widerspenstiges Wissen, eher sogar eines mit Dankbarkeit, denn ohne diese Vor-Liebe wäre sie kaum zu ihrem Marcel gekommen. Dieser war für Julia in der aktiven Zeit wie ein Junge, wie ein noch junger Junge, einer, den sie immerzu hätte herzen mögen, und er wäre es geblieben, eine Art Kind geblieben, selbst wenn er der Vater ihrer eigenen Kinder geworden wäre. Treusorgend genug war er, durch und durch Familienmensch. Genau danach hatte sich Julia ja gesehnt, nach einem Ehemann, der das Heim zur Heimat machte. Zur geschützten Heimat. Wie gern hätte sie seine Hemden gebügelt, das Getöse der Kinder ertragen, ihre Schularbeiten begleitet. Ohne zappeliges Schielen nach einem Job, gar nach einer angehängten Karriere. So das ganz gewöhnliche traditionelle Frauenleben. Wäre *ihre* Art von Selbstverwirklichung gewesen. Und nicht nur ihre, wie sie laufend erfuhr. Wie viele junge Frauen gäben alles dafür, sich den Wonnen der Gewöhnlichkeit hingeben zu können, mit einem Elektromeister an der Seite, zum Beispiel. Ihre Entscheidung, sich doch ohne Marcel und Kinder im Leben einzurichten, war begründet in der Erkenntnis, dass ihr Weg ja längst gepflastert war. Ihre Ehe, sie hieß Bruder und Schwester, hätte auch dann so geheißen, wenn er kein Priester, sondern – ja Elektromeister geworden wäre. Nun war er eben Geistlicher, jetzt sogar Kardinal. Na und?

Was ihr an Lina gefiel, war deren Gelassenheit: „Alles liegt im Plan." Gar nicht mal auf Gott bezogen, aber fürs Leben doch sehr nützlich. Gerade, weil eben *alles* im Plan liegt. Alexander war damals mehr ein Anhänger der Chaos- und Willkür-Theorie: Gott lasse jedem Frei- und Spielraum.

Nicht sehr religiös, fand sie. So nihilistisch. Ausweglos. Er: Den Ausweg wähle der Mensch.

Sie: Da gerate er aber in die Nähe des Sündenfalls.

Stimmte ja irgendwie. War er das eigentlich, Priester? Weil er es aber schlecht ertrug, mit Julia nicht auf einer Wellenlänge zu sein, musste er rasch eine glättende Formel finden, die beide befriedigte: „Weder ein chaotisches noch ein planvolles Dasein. Einigen wir uns darauf: ‚Das Leben ist in dauernder Schwebe'."

„Das Leben ist eine Schaukel", lächelte sie.

„Sehr schön", sagte er. „Sehr mädchenhaft."

Rosen liebten sie beide ja nach wie vor. Sie stellte ihm immer welche auch auf seinen Schreibtisch. Auch etwas, das nicht die Zustimmung ihrer Mutter fand. Das sei doch kein Platz für Rosen. Einmal hatte sie sogar, richtig gehässig, wie Julia fand, einen Satz aus einem Roman zitiert, den sie gerade las: *Die Rosen mussten jetzt sehr schnell sterben.* Überhaupt, sie begnügte sich längst nicht mehr damit, nur zu wissen, sondern redete in alles hinein, selbst in Dinge, die nun wirklich ihre Arena nicht waren, etwa seelsorgerische Belange betrafen.

Natürlich konnte sie eine Meinung haben, aber sie wollte es halt immer besser wissen. In allem so nörglerisch. Alexander einmal richtig wütend: „Mach uns nicht dauernd zu Kindern." Sie, immerhin schlagfertig: „Wenn ihr nicht werdet …" Sprach es nicht zu Ende, hielt es wohl so für wirkungsvoller. Trotzdem ließ Alexander sich darauf ein: „Du weißt genau, was Jesus gemeint hat, als er sagte: ‚Wenn ihr nicht werdet wie die Kinder'." Sie hatte schnell den Deckel auf den Topf geknallt, um der Sache ein Ende zu machen, hatte also eine heftige und böse Bemerkung gemacht, worauf ihre Mutter sich beleidigt und mit anklägerischem Blick zurückgezogen hatte.

„Gott sei Dank, sie ist weg."

Sagte er, sagte sie, Julia. Dass sie nicht im Bilde, das nagte und nagte. Konfrontiert konnte sie ja immer werden. Im Bad zum Beispiel, in das sie kommen konnte in dem Moment, wo oben und unten die neue Wirklichkeit sich darbot, unbedeckt. Sie würde denken, sich in einem Mysterythriller zu befinden, in einem Horrorfilm. Weil sie sehen würde, was ihr undenkbar erscheinen musste, offensichtlich aber da war, *offensichtlich,* vor ihren Augen. Und das am entsetzlichsten dadurch sein würde, dass sie ja absolut in Unkenntnis gelassen worden war. Die Tatsache als solche, die würde sie höchstens wegen deren Plötzlichkeit, nicht wegen ihres Vorhandenseins, aus der Fassung bringen.

Davon ging er fest aus.

Ein Drama schon jetzt, noch bevor der Vorhang sich gehoben hatte.

Eigentlich nicht auszuhalten.

Aber noch sah er in die Augen.

In diesem Moment.

Jetzt als Kardinal, als Mitglied des höchsten Stabs.

Doch ob Vikar oder Eminenz: Der Konflikt war der gleiche.

Wie sie lachte.

Sich bei ihm unterhakte.

Ihn wieder losließ, um sich drehen, die Handtasche in alle Richtungen werfen zu können.

Hatte sie nicht tatsächlich ganz weiße Zähne?

Manchmal erschrak er so, dass er schnell einen Grappa trank.

Alles war so schnell gegangen, im Zeitraffer. Im Nu zum Beispiel Weihbischof. Für Julia ein Triumph, ihn machte es bloß fassungslos. Sie damals, hingerissen: „Mit Weihbischof fängt es an.

Nun steht dir alles offen.“

Genauso sollte es sein. Nicht, dass er immer ohne Genugtuung gewesen wäre. Er war schließlich kein Heiliger. Weihbischof etwa, das war schon was, in seinem Alter, das aber gar kein Alter war, strenggenommen.

Julia bekam ihren Teil ab: ein Laura Ashley-Kleid. So festlich wie reizend. Sie müsste, fand er, darin gemalt werden.

Stattdessen machte er eine Reihe Fotos. Eines schöner als das andere: „Weil *du* auf jedem immer noch schöner bist“, sagte er.

Ein Kleid mit lauter Rosen.

Mit Rosen hatten sie‘s ja nun mal.

Anruf bei der Ernennung schon zum Weihbischof sogar vom Ministerpräsidenten. Beim nächsten repräsentativen Empfang in der Staatskanzlei war er bereits dabei. Unterhielt sich lange mit dem französischen Generalkonsul. Der stammte von Capri, sodass er ihn nach der tollen Villa befragen konnte, die in dem Godard-Film „Die Verachtung“ immer wieder ins Bild kommt. Der konnte ihm dann alles über die Geschichte dieses atemberaubenden Hauses überm Meer erzählen. Zum Schluss: „Kommen Sie her, sehen Sie doch selbst. Ich werde Sie herumführen." Er: „Meine Schwester könnte mit dabei sein." „Sie muss", beteuerte der Generalkonsul. „Lassen Sie sie bloß nicht zuhause."

„Vor allem die Musik in dem Film berührt mich ungemein", hatte er noch gesagt. Julia fand sie ja auch gut, bewunderte aber noch mehr die Bardot. Als Typ und als Schauspielerin. „Und ewig lockt das Weib – das trifft auf sie wirklich zu", hatte sie gemeint. Im Film kommt ja die Frau, die sie darstellt, es ist die Frau eines Drehbuchautors, bei einem Autounfall ums Leben – auf der Fahrt nach Rom übrigens.

Also, schon Weihbischof war ein Hammer gewesen. Bei ihm nichts von der üblichen Ochsentour, die er ohnehin nicht anstrebte.

Und Weihbischof hatte ihm noch am besten gefallen.

Natürlich: zuerst Vikar. Eine schöne Zeit, weil ihm die Mädchenseelsorge anvertraut war. Da konnte er Julia gleich mit einbinden.

Begeistert war sie dabei gewesen.

Die Mädchen kamen auch in Scharen, um zu bekennen. Um ihm zu bekennen, das war ihm schon klar. Das Wort „Beichte" vermied er, wo er nur konnte. Der Mensch war sündig von Natur aus, warum da noch ein Ritual draus machen? Und diese albernen Gehäuse in den Kirchen.

Ja, vieles bastelte er sich selbst zurecht.

Und kletterte trotzdem unentwegt, vielmehr: wurde gehievt.

In Ordnung auch seine Zeit als Krankenhausseelsorger in einem Mammut-Klinikum, eine Bezeichnung, die er aber ebenfalls nach Möglichkeit vermied. Er betrachtete sich als Partner, sagte zum Beispiel: „Guten Tag, ich bin Ihr Gesprächspartner, wenn Sie wollen." Die meisten Patienten wollten. Mitunter sagte er auch: „Ich bin Ihr *geistlicher* Gesprächspartner." Das schreckte auch die nicht ab, die nichtgläubig oder Agnostiker waren, im Gegenteil. Nicht selten kam es zu regelrecht philosophischen Erörterungen. Philosophie hätte er ohnehin fast noch lieber studiert als Theologie. Wobei ihn die Philosophen und Theologen als Person weit mehr interessierten als das, was sie vertraten. Die Biografie war's, die ihn faszinierte, die individuelle Existenz. Gute Beispiele: der Däne Kierkegaard, der Franzose Teilhard de Chardin. Leidvolle Leben, gelebtes Leiden. Von ihnen ließ sich auch gut erzählen, gerade am Krankenbett. Allein die herzzerreißende Liebe zwischen Kierkegaard und seiner Regine. Was für ein Drama. Hoffnung ohne Erfüllung. Wenn auch Julia sich immer gegen die Auffassung sträubte, Liebe ohne Gegenliebe sei keine Liebe, sei, wie ein Philosoph behauptet hatte, „ein hölzernes Eisen". „So ein Quatsch. War die Liebe von Jesus etwa keine Liebe, nur, weil sie nicht erwidert wurde? Ein Schauspieler, ja, der braucht eine Reaktion, ein Publikum, Beifall, aber doch nicht der Liebende. Liebe ist kein Theater. Liebe ist immer einseitig, muss es sogar sein. Wer auf Gegenliebe spekuliert, liebt nicht. Liebe ist bedingungslos, absolut, ist die Eigenschaft eines Einzelnen. Wo Liebe zur Beziehung wird, kann sie einpacken. Eine Liebe muss nicht gelingen. Sie braucht auch keine Therapie." Und so weiter, und so weiter. Ein Thema, bei dem sie in Fahrt, in Rage geriet, immer aufs Neue die Bälle hochwarf. Wie er sie deswegen – eben liebte.

Und was die Stunden in dem Klinik-Monster betraf: Nirgendwo sonst ließ sich so intensiv über Gott und die Welt sprechen wie am Krankenbett, mochte der Kranke Gott auch als Fata Morgana abtun.

Immer war er auch auf der Suche nach weiblichen Philosophen, aber Philosophinnen waren rar gesät, und die, die es gab, sprachen ihn nicht besonders an, Edith Stein etwa oder Simone Weill. War merkwürdig, da sie ihn doch nicht nur von ihren Gedanken her hätten fesseln müssen. Beide schließlich extreme Existenzen. Und vor allem: Sie waren religiös fixiert. Trotzdem: beide für ihn hinter dicken Scheiben. Hier mal, große Ausnahmen, Frauen, die ihm menschlich fremd blieben. Da nutzten auch ihre Erkenntnisse wenig. Als er später von Julia erfuhr, Ingeborg Bachmann habe einen Essay über Simone Weill geschrieben, las er ihn nicht mal.

Das Konklave. Anstatt sich unter seine Kollegen zu mischen, streifte er mit Julia durch die Stadt. Klar, er ließ sich unter den Kollegen sehen, musste er auch, aber er fühlte sich wie ein Schüler im Lehrerkollegium. Nicht am Platz also. Und man ließ ihn auch ziemlich links liegen. Ihm nur recht. Er wohnte auch keineswegs standesgemäß, sondern mit Julia in dem kleinen Hotel nahe der deutschen Botschaft, nicht der Botschaft beim Heiligen Stuhl, sondern der für Italia zuständigen. Das würde allerdings bald ein Ende haben. Das Konklave verdammte zum Gefängnis. Nicht mehr ganz so einschnürend wie früher, doch noch beengend genug. Umso mehr galt es, die Zeit vorher auszunutzen. Das Wetter war herrlich. An einem dieser verzauberten Tage kleidete Julia sich fast vollständig neu ein. Als erstes griff sie nach dem Mantel, er war auch unübersehbar, weil rot, trotzdem aus der vorherigen Saison hängengeblieben – „für mich", sagte Julia strahlend. Ein Mantel übrigens, den auch „sie", die poetessa, überaus kleidsam gefunden hatte, wie sie von dem kundigen Besitzer des Geschäfts mit kundenbeflissener Grandezza erfuhren. Habe sie doch hier, nahe ihrer letzten Adresse, ihrer Garderobe weiteren römischen Glanz, römische Eleganz verliehen. Nun, genau der gleiche Mantel konnte es kaum sein, aber ein sehr ähnlicher war's, wie Signore gestenreich schwor. Hingeguckt würde auf jeden Fall werden, daran zu zweifeln wäre Sünde. Und gerade daran sei ja auch „ihr" gelegen gewesen, wie sie ergänzend vom Inhaber hörten. Natürlich handelte es sich nicht mehr um eine selbst erlebte, sondern vom Vater überlieferte Begebenheit.

Die Sache mit dem poetessageweihten Mantel bot ihnen den Anlass, die paar Schritte zu jenem altfestlichen Gebäude Via Giulia zu gehen, in dem die Bachmann eine Maisonettewohnung bezogen, und wo in der Nacht vom 25. auf den 26. September 1973 das Drama ihrer Auslöschung seinen Anfang genommen hatte: Eine Gauloises glitt der 47jährigen aus der Hand, setzte das Nachthemd in Flammen. Dass dies nicht sofort eine rettende Aktion auslöste, konnte Julia ihrem Bruder erklären: Alk und Medikamente hatten das Hautempfinden der früh Berühmten lahmgelegt. Dann müsse sie aber massiv geschluckt haben? Hatte sie, das Psychopharmakon „Seresta" zum Schluss in einer Weise, dass der Abfalleimer überquoll. Also, kein Gespür mehr für die Brandwunden, die Dichterin war außer Gefecht gesetzt, überließ sich sogar mitten im furchtbaren Geschehen jener Nacht dem Schlaf, um dann nach dem Aufwachen selbst Hilfe herbei zu telefonieren. Julia: Eben so sei das Unbegreifliche zu begreifen. Der Tod in der Klinik dann am 17. Oktober, wohl auch als Folge des Entzugs. Schreckliche Ruhe einer ewig Ruhelosen. Alexander: Die Ärzte hatten keine Ahnung, dass sie es mit einer Abhängigen zu tun hatten? Julia: Ich darf an diese Tragödie gar nicht denken. Als Alexander sich vor dem Renaissance-Palazzo eine Zigarette anzünden wollte, ging sie mit ungewohnter Heftigkeit dazwischen: „Bist du wahnsinnig, hier doch nicht!" Er schämte sich auch sofort. Julia war von den Gedichten der Bachmann sehr eingenommen und besonders die, die sich noch in der Rohfassung befanden, aber nach ihrem Tod herausgekommen waren; sie sog sie immer wieder ein – so, als würde sie der schwerst angeschlagenen Autorin bei der Niederschrift über die Schulter schauen, ja, ihren Kopf darauflegen, in einer Art Solidarität mit der, die damals nach der von Max Frisch verordneten Trennung am Boden. Grollte aber manchmal auch, fand, wie sie ihr Leben segmentierte – „wie Tortenstücke" – und inszenierte, blöd, total überspannt. Und vor allem ging ihr auf den Puffer, wie jetzt jedes Wort, jeder Moment ihres schillernden Lebens unters Mikroskop gelegt wurde, bei gleichzeitiger Neugier nach eben diesem abenteuerlichen Dasein. Schizophren natürlich. Eigentlich nur wegen dieser Göttin aus Kärnten war ihr Österreich sympathisch. Zum todesnahen Unfall in der Maisonette-Wohnung hatte sie übrigens noch eine, dem Bruder ebenfalls unbekannte, Begebenheit beisteuern können: Jahre zuvor schon, in Berlin, war der Bachmann bei einer Abendgesellschaft eine brennende Kerze aufs Cocktailkleid gefallen, ihr Begleiter hatte ihr einen Leuchter gereicht, damit sie eine ihrer ewigen Zigaretten anzünden konnte, fatalerweise landete die benutzte Kerze in ihrem Schoß, brannte erst noch weiter, bis die Dichterin die Flamme endlich ausdrücken konnte, damals konnte sie es noch – ein von Julia mit leisem Schauder vorgetragener Vorfall, ließ sich daran doch ein verhängnisvolles Vorzeichen knüpfen. Diese Berliner Zeit, sie war eine zutiefst graue, kalte, es war die, als sie sich von Max Frisch, dem so sehr gewollten Lebensgefährten, verstoßen, fallengelassen sah, und während er mit seiner Neuen, einem plappernden Studenten-Girlie, die Welt wie Sekt genoss, fühlte sie sich geradezu ermordet: „Nicht dich, die Welt habe ich verloren". So oder so ähnlich. Jedenfalls, in Berlin fühlte sie sich „verschüttet", es machte ihr „nichts mehr Freude", sich mit der Stadt anzufreunden schaffte sie nicht, „wirklich nicht", mit einem Wort: eine „elende" Verfassung, erhellt nur durch die Hoffnung, in Zukunft nach eigenem Willen leben zu können. Und dann hatte Julia noch eine Überlegung angehängt, eine für sie typische: Jener Begleiter, welcher der Dichterin auf der Berliner Party den Leuchter gereicht hatte, war ein junger Mann aus Wien gewesen, einer ausgerechnet mit dem Vornamen Adolf, und Julia fragte sich und Alexander, wie denn wohl die in Sachen Nazis ja höchst Empfindliche mit dieser Gegebenheit umgegangen sei, gerade, wo doch der Begleiter für sie nicht irgendwer. Kaum vorstellbar, dass sie ihn mit diesem seinen Vornamen ansprach.

Die kleine Episode vor dem Renaissance-Palazzo ward jedoch schnell wieder weggepustet, dafür war der Tag zu schön. Ein Tag wie ein Fest, ein Konsum-Fest war's allemal. Julia zum Schluss, selig: „Alles für mich, aber erstanden von uns." Ja, doch den Ausschlag gab immer er. Er wusste, was ihr stand, zu ihr passte, und sie verließ sich voll und ganz auf ihn. Das ging hin bis zu Halterlosen, zu allem. Sie mochte gar nicht mehr ohne ihn in die Geschäfte gehen. Auch den Mantel hätte sie nicht gekauft, bei aller Begeisterung nicht, wenn er abgeraten hätte und sowas kam vor. Sie hatte dann eben Nachteiliges übersehen. In Rom war's wie ein gemeinsamer Rausch. Julia: „So müsste Himmel sein." Er: „Aber es *ist* Himmel. Himmel fängt hier an, hier auf Erden." Es folgte die Erörterung, wie wichtig es sei, schon im Diesseits sein Jenseits zu entwerfen, sein ganz persönliches. Das dann im Himmel seine Vollendung erfahre. Doch so, dass die Vollendung immer noch vollkommener, immer noch schöner werde. „Das kann doch nicht wahr sein", sagte sie, obwohl sie es für wahr hielt, zumindest für möglich. Und er? Predigte er, oder glaubte er? Auf jeden Fall setzte er die Hoffnung gegen seine Todesangst, stellte er sich Himmel so vor, wie er es Julia schilderte.

„Vielleicht nur ein Wunsch", räumte er ein „aber Wünsche können bekanntlich wahr werden." Außerdem, viel entscheidender, gab es da einen Gewährsmann: den schwedischen Swedenborg. Über den sich aufklären zu lassen, verbat sich Julia allerdings ebenso gekonnt wie lieb, zog stattdessen einen Trost hervor, den sie schon den ganzen Tag für den Bruder parat, aber bisher nicht ausgesprochen hatte: Gelegenheit, die ältesten Kirchen Roms aufzusuchen, an die 50 ja wohl und, wie sie wisse, schon lange sein Ziel, also diese Sakralbauten aus dem 4. bis 9. Jahrhundert sich anzusehen, dafür werde in Zukunft sicher reichlich Zeit vorhanden sein, wo er doch hier nun sein zweites Standbein besitze, so als Kardinal. Erst mal stieß er gegen *ihr* Bein.

„Irgendwie sind wir wie Kinder", seufzte sie süß. „Die träumen nicht nur vom Himmel, sie wissen von ihm." Und: „Wichtig ist nur, dass wir zusammenbleiben. Ich könnte selbst die Hölle aushalten, wenn wir zusammen wären."

Jetzt hätte er sagen können und müssen: „Aber wir wären zwei Frauen." Hätte. Wieder aber ließ er ungesagt, dass er es sei, Frau, ganz und gar, und eben dies sei *sein* Himmel und zur Not auch seine Hölle, er hoffe nur, sie werde das akzeptieren, mehr noch: begrüßen, es himmlischer finden als den jetzigen Zustand, den der Dualität, was er aber in Wirklichkeit doch gar nicht sei, bei ihnen nicht. Doch erneut brachte er es, weshalb, weshalb nur, brachte er es nicht über sich, reinen Wein einzuschenken. Das Glück war doch da, umhängt jedoch mit dem dunklen Mantel seines Schweigens.

Was sie nicht ausließen, war der Bahnhof, der Hauptstadtbahnhof. Stazione Termini. Speziell sein Wunsch. Immer, wenn er in einer größeren Stadt weilte, musste er zum Bahnhof, in die Bahnhofsgegend vor allem. Liebend gern hätte er dort das Gespräch gesucht, wagte es aber nicht, nicht mehr.

Denn einmal hatte er, wenn auch nur kurz, mit den Frauen Worte gewechselt. Das war, als er in einer privaten Presseagentur gejobbt hatte, vor der Mädchen standen, auf und ab gingen, rauchten und vor allem sich Kunden angelten. Fasziniert hatte er vom Fenster im 2. Stock auf die Szenerie hinuntergeschaut. Es kam vor, dass die Nutten – dieses Wort liebte er, aber nicht im verächtlichen Sinn –, im Eingang standen, nämlich wenn es regnete. Das war wieder einmal der Fall gewesen, als er von der Mittagspause kam, und da hatte er gedacht: Jetzt oder nie, vielmehr, er hatte kein bisschen überlegt, sondern auf einmal fand er sich im Gespräch, wenn es auch nur ein kurzes war, er war ganz nah bei ihnen, unter ihnen, die Mädchen froren, es war plötzlich so kühl geworden, eine von ihnen warf so toll ihr Haar, sagte, er wäre immer willkommen, sagte es so, als sei es gar nicht auf das Eine gerichtet. Beendet wurde die Begegnung im Hausflur durch das Kommen eines Zuhälters, der mit seinem Schlitten und Kettchen vorfuhr und die vier, fünf jungen oder jüngeren Frauen einfach nur musterte und dann in der Kneipe nebenan verschwand. Auch in dieser war er einmal gewesen, eine richtige Zuhälterkneipe, und dort hatte er mitgekriegt, wie ein Mann eine etwas füllige Blondine, wohl seine Freundin oder Bekannte, gegen den Tresen presste, was er ihr sagte oder befahl, war nicht zu verstehen gewesen, sie schnappte jedenfalls völlig nach Luft, der Wirt schaute gleichgültig zu, goss dem Mann immer wieder ein, die Frau hatte auch ein Glas, das wurde irgendwie von dem Mann über sie ausgeschüttet. Ganz klar war, die Blondine war keine „von denen", noch nicht, oder war es an diesem frühen Abend nicht, eher das Erste traf zu, er hatte es bedauert, zum Zug zu müssen, er hatte sich dafür geschämt, während er den späteren Auftritt im Hausflur genoss. Regelrecht depressiv war er auf der Rückfahrt geworden, was er Julia auch berichtete, sie berichteten sich ja so gut wie alles, und sie musste auch nicht nach dem Grund der Depression fragen, weil er auch von seinem Aufenthalt in der Zuhälterkneipe erzählte. „Da muss ich auch mal hin", sagte sie, „wir gehen bei nächster Gelegenheit da rein." Was sie taten. Dafür tat sich in der Kneipe nichts, sie die ganze Zeit die Einzigen. So kamen sie noch einmal auf seine Depression nach seinem ersten Besuch zu sprechen, überhaupt auf diese Gemütslage.

Depressionen, hörte er von Julia, seien ja eigentlich eine Sache, die Frauen betreffe. Männer seien eher melancholisch. Sie verneinten das Leben, grübelten, statt das Dasein zu durchpflügen. Depressive grübelten dagegen nicht, weil sie sich gelähmt fühlten. Ihre Zeit stehe still.

„Auch ein Vorteil", sagte er. „So läuft sie nicht davon, dieses schreckliche Ungeheuer."

„Doch Leben ist Bewegung", sagte Julia.

„Bewegung zum Tode hin", erwiderte er finster.

„Ja ja, der verkorkste Philosoph aus Freiburg", stieß Julia hervor. Sie hatte mal eine Tagung in einer katholischen Akademie zum Thema Heidegger mitgemacht, eher unfreiwillig, aber auf dringende Empfehlung. Eine Ärztin hatte Julia mal gesagt, Frauen liebten Melancholiker, die könnten sie nämlich erlösen. Und nichts nähmen Frauen sich ja lieber vor, als zu erlösen. Kierkegaard war ja auch so einer, der auf weibliche Erlösung, bei ihm hieß sie Regine, wartete, segelte in seiner Schwermut dennoch zu brillanten Höhen.

„Schwermut, Melancholie, sind das nicht alles abgelegte historische Begriffe?", fragte er.

Also, in diesem Fahrwasser bewegten sie sich, damals in der Zuhälterkaschemme, doch blieb ihre Unterhaltung im Allgemeinen, uferte nicht aus zu einer persönlichen psychischen Bestandsaufnahme. Das hätte, bei der totalen Leere in der Kneipe, leicht geschehen können. Aus Langeweile tranken sie ganz schön heftig, mussten zum Glück kein Auto fahren. Deutlich wurde trotzdem, wenn auch indirekt, wie sehr Julia sich für ihren Bruder verantwortlich fühlte. Der Spruch, nach dem jeder für sich selbst verantwortlich sei, schien ihr nur halb richtig. Natürlich war man das letztlich, aber sie empfand Verantwortung für andere, für einen anderen, als eine Art Auszeichnung, Privileg, als ein weibliches. So wie eine Frau das Privileg hatte, Kinder zu gebären. Um nichts in der Welt jedenfalls hätte sie die Pflicht aufgeben wollen, für ihren Bruder verantwortlich zu sein. Lieber hätte sie sich selbst ad acta gelegt.

Rückblicke und Gedanken im Gefolge der römischen Bahnhofs-Einlage. Als sie danach an einem der Brunnen saßen, nahe dem Palazzo Gambirasi und damit nahe dem Tiber, merkte sie, dass da etwas knisterte, er drauf und dran, sich in einer Sache ihr anzuvertrauen. Es musste etwas Bedeutendes sein, denn wieder einmal atmete er schwer. Sollte sie ihn – auf die Schaukel setzen, ihn ermuntern? Ja, sie streute ein paar Worte, die aber keinen wirklichen Schwung verliehen, sie schob, um im Bild zu bleiben, die Schaukel nicht an, ließ ihn mit den Füßen am Boden. Kein befreites Wiegen in luftiger Gelöstheit. Dabei wäre es ihm ja gar nicht schwergefallen, zu reden, hätte ihn endlich erleichtert. Doch er war gefangen in der Angst, es würde unheilvolle Folgen haben. Aber auch wieder nicht deswegen, weil er bei Julia Unverständnis, gar Entsetzen erwartete, da hatte er ja keine Bedenken, sondern weil er bei dem Ganzen einen schwarzen Baldachin über sich schwanken sah. Gott, einmal so frei sein wie der Himmel, der in diesen Tagen blühte und glühte.

Julia indes blieb unruhig: Was war los mit ihm? Hatte er

doch sowas wie Gewissensbisse, dass er mehr Zeit mit ihr als mit seinesgleichen verbrachte? Seinesgleichen, da musste sie allerdings lächeln. Unter diesem Baldachin-Gremium war sein Zuhause mit Sicherheit nicht, würde es nie sein. War er überhaupt in der Kirche zuhause? Sie selbst hatte ja den Wegweiser gespielt. Jetzt war er im Netz und zappelte vielleicht. Aber wenn das so wäre, hätte er mit ihr darüber gesprochen? Todsicher. Oder war ihm doch die Art ihres Verhältnisses ein Anlass zur Verunsicherung? Denn wie man es auch drehte und wendete: sie waren ein Paar, ein höchst brisantes. Brisanter ging's gar nicht. Eine Liebe der Extraklasse. Bestimmt lieferten sie längst Gesprächsstoff, obwohl noch nichts bis zu ihnen gebrandet, nicht mal gesickert war. Merkwürdig eigentlich, welche Mauer war da errichtet? Ferngläser jedoch waren auf sie gerichtet, davon war auszugehen. Es blieb aber komisch, dass sie selbst ihre Beziehung in keiner Weise thematisierten. Sie schwebten wie zwei Sternenkinder und ließen die Welt an sich abperlen. Dabei: Wenn einer der Welt zugewandt war, dann Alexander. Kein Amt, kein Titel hielt ihn davon ab, sich, wie er es nannte, ins Meer der Menschen zu begeben. Ein Dasein quasi hinter getönten Scheiben: für ihn unmöglich. Mönch zum Beispiel! hätte er nie werden können. Kontemplation – für ihn ein Fremdwort. Ihm war überhaupt so vieles fremd. Die Bischofs-Verpackung zum Beispiel. Der Amts-BMW, das Palais. In das waren sie ohnehin nicht gezogen, dauernd hielt Alexander Ausschau nach einem Käufer. Es zu übereignen, wäre leicht gewesen, aber es sollte ja Geld in die Kasse. Was ihn aber immer wieder zögern ließ: Es schmerzte ihn, wie nahezu ramschmäßig heutzutage Ausverkauf in den Diözesen betrieben wurde. Kirchen, in denen jahrhundertelang gebetet, Gebäude, in denen christliche Geschichte geschrieben wurde – weg, weg, weg. Alexander: „Der Christ lebt nicht vom Glauben allein, sondern von jedem Glockenschlag, der von seinem Kirchturm kommt." Mit solchen Sprüchen kam er auch gut in den Gemeinden an, in Ordinariaten weniger. Er war, in welcher Position auch immer, so etwas wie ein „bunter Hund". Und fiel trotzdem unentwegt weiter hinauf, aber immer weniger im seelsorgerischen als in anderen Bereichen. So leitete er, bistumsübergreifend, die Kommission zur Reform der Priesterausbildung. Also, noch ehe er Bischof war, war er wer, mehr eigentlich schon, als so mancher der sogenannten Oberhirten. Die Mitra war, abgesehen vom Alter, keine Überraschung, nur Bestätigung.

Aber bei allem Eintauchen ins pralle oder dürftige katholische Leben: Er und Julia lebten wie auf einer Insel. Erst recht hier in Rom. Und er befand sich, die Minuten am Brunnen zeigten es überdeutlich, in gedrückter Stimmung, oder in angespannter, mochte auch mediterrane Leichtigkeit sie umwehen. Und diese, seine unterirdisch rumorende Belastung machte ihr Sorgen. Sie durchkämmte alle Möglichkeiten, und das so sehr, dass sie sich oft in ihren Gedanken verhedderte. Nein, widersprach sie sich selbst, Gedanken denkt man, sie sind eine bewusste Leistung, während das, was sich da in ihr an Einfällen ringelte, wie ein Angriff gefährlicher Hirnnattern erschien, dem sie zunehmend hilflos ausgesetzt war. Dennoch ihr Bemühen, ihn nichts merken zu lassen, den gemeinsamen Stunden in Rom nicht ihren seidenen Schimmer zu nehmen. So schleppten sie beide einen Sack mit sich herum, obwohl sie doch immer nur schlenderten, leichtfüßig, gerade die richtige Gangart zwischen ihren unzähligen Café-Besuchen hier, in dieser glockenbeschwingten Stadt, flanierten manchmal sogar Hand in Hand, wobei sie mitunter allerdings der Schreck durchfuhr und sie sich umdrehten – sie konnten ja gesehen werden.

Leichte Tage, schwere Tage.

Natürlich ging sie auch zum Friseur. In Rom musste jede Frau zum Friseur gehen, *allein,* also ohne Begleitung eines Mannes. Der hatte draußen zu bleiben, hatte zu ertragen, dass die Künstler drinnen sich aufs Vertraulichste der Signora oder Signorina zuwandten. Wer, außer einem Arzt, hätte sonst fragen dürfen, ob – denn das hatte Einfluss, was den virtuosen Umgang mit den Haaren betraf. Und sie ließen sich allzu gern fragen, die Damen, es schmeichelte ihnen, auch Julia, die später, als sie zu ihm an das rokokohafte Tischchen trat, an dem er beim Espresso mit Grappa auf sie wartete, nun auch vom Kopf bis zum Fuß die reizendste Erscheinung abgab. Zum ersten Mal war sie mit ihren Haaren zufrieden, mehr als zufrieden. „So muss Liebe aussehen", lächelte er, „die Liebe zu sich selbst." „Aber es ist das Werk eines anderen", versuchte sie einen Einwand, dabei glänzend gestimmt. Na, so schäkerten sie herum, Julia beim Prosecco, um bei dem zu bleiben, was im „römischen Frauenhaus" das feminine Ambiente der Haarverwandlung prickelnd verstärkt hatte. Leicht wehmütig dachte sie an Vera, ihre Friseuse zuhause, einerseits die einzige, der sie ihre Haare anvertrauen mochte, andrerseits, nach dieser römischen Erfahrung, eine Landessiegerin auf verlorenem Posten, bei ihr jedenfalls, denn sie würde nicht hinkriegen, nie und nimmer nicht, was hier wie von Zauberhand kreiert ward. Immerhin, mit Strähnchen kannte sie sich aus, damit könnte sie selbst in Rom bestehen. Aber Strähnchen waren schließlich nicht alles. „Schön sein, schön bleiben" – diese Verheißung konnte sie jedenfalls abschreiben. „Ach Julia, gräme dich nicht. Erst mal ist heute." Er beugte sich vor, küsste sie. Sich lächelnd zurücklehnend: „Aber, aber, Eminenz …" „Das passte jetzt nicht", sagte er, leicht missmutig. „Du hast recht, war blöde." Schnell ein Schlückchen. Dennoch war da ein Schleier, der bedrückte. Sein Name: Kardinal, Priester. Morgens las er in der Nachbarschaft ihres Hotels in einer wackligen Kirche die Messe, an einem Seitenaltar. Darüber ein modernes Fresko. Keine große, aber wahre Kunst: Maria wie mit BH. Julia: „Das habe ich so noch nie gesehen." Er ja auch nicht, er empfand es als Bestätigung. Und ausgerechnet in diesem brüchigen sakralen Gebäude war er gelandet. Ein Zufall als Glücksfall. Überhaupt: Die Messe unter diesem Bild nahm ihm etwas von seiner Beklemmung. Aber kaum trat er wieder ins Freie, stieg das Wasser in ihm erneut, Julia konnte es förmlich sehen. Ab dem Frühstück ging es dann wieder besser. Doch auch im Hotel sprachen sie vom Konklave, es ließ sie einfach nicht los. Überall sprach man davon. Alexander konnte das Wort nicht mehr hören, nicht mehr lesen. Julia tat alles, um ihn auf andere Gedanken zu bringen. Aber das Konklave kroch auf ihn zu wie ein Krokodil.

Und er würde sich von Julia trennen müssen, auf Zeit zumindest. Doch die konnte gähnend lange dauern. Sozusagen eingekerkert würde er sein in den Mauern des Vatikans. Tag und Nacht eins mit einem Männerschwarm, in dem es kriegerischer zugehen würde als in einer Wespenschlacht. Schon war erster Frontenlärm zu vernehmen, mochte sich auch ein scheinheiliger Frieden über das bevorstehende Großereignis wölben. Nie aber wurde deutlicher, dass diese Kirche eine weiträumige Kirche war, die weiträumigste überhaupt, fast stündlich trafen aus allen Ländern der Erde die Granden des katholischen Weltreiches ein. In diesem Reich ging in der Tat die Sonne nie unter, nur, dass in sehr vielen Teilen Sonnenfinsternis herrschte oder drohte. Das machte allen die Brust eng, gleichgültig unter welcher Flagge sie segelten, ob unter der des Beharrens oder der des Mutes, dem Avanti-Lager.

Er natürlich auf Seiten der Letzteren, als äußerste Bataillon-Verstärkung, nicht als Mitglied des eigentlichen Zirkels. Das konnte er auch noch gar nicht sein, Benjamin, der er ja war. Immerhin war er schon als Bischof etliche Male vorgeprescht, so dass man bei den „Linken" auf ihn zählen konnte. Etliche Vorstöße aus dem Avanti-Lager hatten daher bei ihm stattgefunden – quasi, um sich zu vergewissern. So hatte ihn der Franziskaner-Kardinal Alfonso Goldstein aufgesucht, obwohl er angeboten hatte, diesen zu besuchen, aber der freundliche Mann aus Brasilien hatte darauf bestanden, zu ihm ins Hotel zu kommen. Sie hatten zwei Stunden ganz allein im Speisesaal gesessen und geredet. Goldstein kannte eigentlich nur ein Thema: Frauen und Priester. Genauer: „Was machen wir mit den Frauen, die mit Priestern zusammenleben?"

Dass Alexander hier hellwach war, lag auf der Hand. Dem Kardinal brannte das Problem auf den Nägeln – nicht, weil die Priester bei ihm unter Druck standen, überhaupt nicht. Die, die in eheähnlicher Beziehung lebten, konnten sich des Schirms sicher sein, den Goldstein über ihnen hielt. Was ihm aber auf der Seele lag, schwer, ganz schwer, war die Erfahrung, dass es die Frauen waren, die mit ihrem Verhältnis oft nicht zurechtkamen – „und ich befürchte, das ist weltweit so." Wie viele waren schon zu ihm, Goldstein, gekommen, hatten ihm ihr Herz ausgeschüttet? In Südamerika waren die Türen zu einem Kardinal, erst recht zu einem Bischof offen. Alexander war da etwas erstaunt, denn das Naheliegende sei doch, dass Frauen, beauftragte und kompetente Frauen sich der Sache beziehungsweise ihrer – er hatte gesagt: ihrer Schwestern annähmen. Das wäre was für Julia, hatte er gedacht. Das Naheliegende sei oft das Schwierigste, war die Antwort des leisen Brasilianers gewesen, den Grappa nun endlich zu sich nehmend. In der Weise also hatten sie sich unterhalten, und die

Zeit war keine. Klar, Goldsteins Herzensanliegen war nicht das Anliegen des Konklaves, aber es kam darauf an, einen Papst zu verhindern, der an tradierten Vorstellungen klebte, beispielsweise die Augen vor dem verschloss, womit ein Mann wie Goldstein zu tun hatte. Dieser warnte davor, die Gefahr eines Stillstandes zu unterschätzen. Unter den hier Versammelten gebe es mehr „Rückwärtstreter", als es den Anschein habe. Alexander, lächelnd: Jedenfalls wisse er jetzt, wem er beim Konklave seine Stimme zu geben habe. Tatsächlich gab er sie Goldstein.

Der Brasilianer kannte übrigens sein Buch, sie kamen jedoch erst ganz zum Schluss darauf zu sprechen. „Ich will aber nicht gehen, ohne Sie zu Ihrem Werk über Maria zu beglückwünschen." Alexander informierte ihn, dass er gerade mit der Neubearbeitung beschäftigt sei, und ehrlicherweise müsse er sagen, dass dies ihn mehr bewege als die ganze Papstwahl. Doch vielleicht hänge beides ja mehr zusammen als er annehme, meinte sein Gast wie nebenher, schon fast im Aufstehen begriffen. Was er allerdings vermisst habe, sei die historische Seite der ganzen Angelegenheit, sozusagen die geschichtliche Rückwand im Zimmer der Gottesmutter. Alexander, bewundernd: „*Sie* sollten schreiben – so wie Sie formulieren. Fabelhaft." In jungen Jahren habe er das sogar, lächelte jetzt Goldstein. Und die Blätter existierten noch. „Nichts, was an Geistigem existiert, vergeht", sagte Alexander – „egal, ob gedruckt oder nicht." Das Historische werde jedenfalls gebührend berücksichtigt, in der zweiten Fassung des Buches. Er präzisierte: in der neuen Fassung des Buches. Das musste er auch, denn die Debatte über die historische Maria von Nazaret hörte nicht auf, ebenso wenig wie die Beleuchtung der tatsächlichen Person Jesus. Eine Veröffentlichung nach der anderen. Bei Hitler ja ähnlich. Der

Massenmörder und seine private Haut – eine überaus bestsellerträchtige Kombination. Das Menschliche faszinierte halt immer, egal ob Jesus, Maria, Hitler. Es war schließlich auch *sein* Hauptinteresse, was bei Maria vor allem hieß: ihre Existenz als Frau. Dahinter stets der Gedanke: Wenn Jesus wirklich „wahrer Mensch", dann waren auch die Voraussetzungen wahrhaft menschlich. Eben die *Frau* Maria. Beim Hinausgehen streiften sie noch die „geschichtliche Rückwand im Zimmer der Gottesmutter". Wo aber war dieses Zimmer jeweils genau, wo wohnte sie zum Beispiel, als sie starb? Wirklich in Ephesus? Wirklich an der Seite von Johannes? Wie sah überhaupt ihr Alltag aus nach dem Tod ihres Sohnes? Legenden gab es genug, aber die wahren Kerne? Okay, er war kein Historiker, er konnte nur die neuesten wissenschaftlichen Erkenntnisse zitieren. Eines aber blieb: dass Maria eben ganz und gar Frau war. Mit einer Vagina, einer monatlichen Blutung, einem Busen. Maria, die Frau. Und nur die Frau. Das war's. Der Besucher nickte, ohne zu unterschreiben, bildlich gesprochen, doch er nickte. Alexander würde ihm das Buch schicken. Da überraschte ihn der Kardinal aus Brasilien, schon halb draußen, mit einem tollen Angebot: Alexander solle ihm das Manuskript bereits vor dem Druck senden, er würde dann ein Vorwort schreiben – „falls Sie einverstanden sind." Alexander hätte ihn am liebsten umarmt, bedankte sich jedenfalls überschwänglich.

Julia war die bevorstehende Trennung insofern ganz recht, weil sie zunehmend auch in eigener Sache beschäftigt war und zu einem Ergebnis kommen wollte. Eventuell würde sie sogar nach Deutschland zurückfahren, um die Sache an Ort und Stelle zu klären. Sie überlegte nämlich, ob sie wieder beruflich tätig sein sollte, wie früher in Teilzeit und vielleicht in noch eingeschränkterer Teilzeit. Als Lehrkraft in Biologie und

Physik. Dazu nämlich hatte sie sich ausbilden lassen, und in diesem Bereich hatte sie auch schon gearbeitet. Trotzdem hatte sie immer auf Alexander aufgepasst – nein, nicht aufgepasst, so natürlich nicht, obwohl: ein gewisses Aufpassen war das schon bei ihm –, hatte von Anfang an bei ihm gewohnt, das gemacht, was man so Haushalt nennt, war jedoch parallel dazu ihrem Beruf nachgegangen, scheibchenweise. Heute war ja in Schulen alles möglich, und man war froh über jeden, der für den Unterricht bereitstand. Also könnte sie nach längerer Pause wieder einsteigen, was auch insofern gut passen würde, weil Alexander als Kardinal sicher Aufgaben auch außerhalb seines Sitzes erwarteten, etwa in Rom. Kardinäle hatten ja häufig um den Papst herum zu sein, zumal ja jetzt ein neuer das Ruder übernahm. Da war ihr Bruder vielleicht mehr hier als zuhause.

War sie mit ihrem Leben zufrieden? Julia stellte sich oft diese Frage, aber nur, um sich umso froher antworten zu können: Ja, voll und ganz. Sie war auch mit der Marcel-Episode zufrieden, vor allem, da sie sie im rechten Moment beendet hatte. Ich habe mein Leben in der Hand, sagte sie sich ein bisschen selbstgefällig. Obwohl sie an das Schicksal glaubte, in gewisser Weise, und das hieß bei ihr, sie glaubte an die Sterne. Ja, sie war eine Anhängerin der Astrologie, und gerade im Fall Marcel hatten diese eine Rolle gespielt. Sie war nämlich Skorpion und Marcel, was dieser selbst gar nicht wusste, Schütze. In ihrer Astrologie-Bibel, Verfasserin war eine Berliner Psychologin, stand unter dem Stichwort „Partnerschaften": „Schütze und Skorpion wie Feuer und Wasser. Hände weg von einer Ehe. Lebensgefahr." Da war ihr schon mulmig geworden. Gelegentlich wandte sie sich persönlich an die Berlinerin, vor allem ihrer beruhigenden Stimme wegen. Mit ihrem Sternzeichen war sie im Prinzip ganz zufrieden, lieber wäre sie allerdings Krebs gewesen. Krebse waren so weiblich. Einmal hatte sie gefragt, ob sich das eigene Sternzeichen wandeln könne, ob das überhaupt denkbar sei, wo doch das Geburtsdatum nicht rückgängig gemacht werden könne. Da war natürlich sofort der Begriff „Wiedergeburt" aufgetaucht, und insofern fühlte sie sich berechtigt, sich als Krebs zu fühlen. Denn zum Krebs hin hatte sie sich immer mehr entwickelt, so ihr Gefühl. Sicher trug zu ihrer Neubestimmung bei, dass auch Alexander Krebs war, wenngleich der mit Astrologie nichts am Hut hatte, was sie ein wenig enttäuschend fand, weil: vom Typ her hätte er in diese Gefilde gehört, glaubte sie. Lief doch bei ihnen alles parallel, hatte sie den Eindruck. Sie waren so was wie ein Herz und eine Seele – eine etwas leichtfüßige Redensart, wie sie meinte, doch bei ihnen traf es zu. Auch Gold konnte leichtgewichtig sein, nicht wahr?

Was sie sich vorstellen könnte: Sie und Alexander in diesem klosterartigen Nest am Lago Maggiore, eine an das Ostufer geklatschte Anlage mit Anfängen im 14. Jahrhundert. Früher Eremitage. Alexander war auf Santa Caterina del Sasso gestoßen, als er sich zu einer Tagung in Stresa aufhielt und von dort aus einige Touren in die Umgebung gemacht hatte. Hatte ihm auf Anhieb gut gefallen da, ganz abgesehen von der Lage: traumhafter Ausblick auf den See, fast wie Meer. Nach hierher zogen sich Menschen zurück, denen ihr bisheriges Leben nicht mehr lebenswert schien, weg aus unguten Verhältnissen wollten, Frieden suchten. Aber keine Weltflüchtlinge. Wie man dort auch alle Welt hineinließ – im Sommer zum Beispiel viele Besucher, die vor allem angesichts der Fresken und der uralten Weinpresse die Kameras reckten. Er hatte dort ein wunderbares Gespräch mit einer Iris aus Brüssel geführt, hatte von dieser einen fast buchstäblich umwerfenden hauseigenen Zaubertrank vorgesetzt bekommen. Sein begeisterter Bericht führte zum sofortigen Beschluss: sobald wie möglich zusammen hin. Wie oft war das bei ihnen so: nur *zusammen* eine Sache anzugehen. Zusammen, das überhaupt war ihr Wort. Auch Julia fand dann Santa Caterina großartig, fühlte sich hingezogen zu Iris, die ihr, als wären sie längst miteinander bekannt, von ihrem kürzlichen Besuch im nahen Mailand erzählte, sie sei besessen von dieser Stadt, ebenso wie von Lippenstiften, die sie sich immer wieder dort besorge, sie sei gierig danach. Beinah gierig dann auch der Blick, den sie beide auf ihr Gesicht richteten, Iris hatte das erwartete, lächelte: „Und, kann ich mich sehen lassen?" Mit Iris stand Julia seitdem in lebhaftem Kontakt. Hatte die eine Vergangenheit, eine, die Strich hieß?

Alexander war oft auf Reisen, hatte eine Begabung dafür, ihr etwas mitzubringen. Einmal kam er mit einem Pullover zurück, wie er weiblicher nicht sein konnte. Den hatte er erstanden, obwohl „in Uniform", also in priesterlicher. Leicht schräger Blick der Verkäuferin, aber keineswegs ein empörter. Halt Amsterdam. Dort war selbst das Anomale normal. Der Pullover war rot gewesen. Als er ihn Julia übergab, hatte er aus einem ihm unbekannten Impuls heraus bemerkt: „Du weißt ja, die Farbe der Märtyrer." War er das in gewisser Weise nicht auch, würde es vielleicht immer mehr sein: Märtyrer? Zwar kein bekennender, aber jemand, „der es auf sich nahm". Genau diese Formulierung wurde für ihn das persönliche Kennzeichen speziell seiner Situation.

Als das Konklave bevorstand und sie sich verabschieden mussten, war er nahe dran gewesen, sich endlich zu öffnen. Aber dann ließ er es doch sein: In welchem Zustand würde er sie da zurücklassen? Und keine Gelegenheit mehr, darüber groß zu reden, weil: er musste ja weg, möglicherweise für Wochen, so eine Veranstaltung mit Mitwirkenden aus aller Welt konnte sich hinziehen, hinquälen. Nein, es wäre nur eine Augenblickserleichterung gewesen, und Julias Reaktion hätte er mitgenommen auf die Insel im Vatikan. Und sie hätte eine entsetzte sein können, wenngleich er nicht wirklich davon ausging. Nein, er musste sich Kopf und Herz freihalten, musste der sein, als der er dort weilte: ein Kardinal, der mit anderen die Speerspitze der Kirche bildete und nun mit dafür sorgen musste, dass die Spitze der Spitze nicht verwaist blieb. Erst in praktisch letzter Sekunde war er ja zu dieser Ehre und Verantwortung gelangt, der Gedanke daran erzeugte jedes Mal eine Art Brausen in ihm, etwas, das er nun nicht mit Julia teilen konnte. Aber auf dem Petersplatz, wenige Augenblicke vor der Trennung, erreichte dieses Brausen in irgendeiner Weise auch sie, sie tat, was seit seiner Priesterweihe nie mehr geschehen war, nämlich sie kniete und sagte: „Segne mich, bitte."

Er entsprach dem natürlich, dennoch war ihm beklommen zumute.

„Schon alles sehr seltsam", sagte sie.

„Seine Arbeit zu Maria liege nun erst mal auf Eis", fiel ihm ein.

„Alles riecht nach Abschied", sagte sie.

„Ein Buchtitel", sagte er.

„Schön als Titel, schlecht als Zustand", sagte sie.

Bei ihr Tränen?

„Lebe wohl im besten Sinne", sagte er, sie umarmend.

„Du auch."

Dann war er auf dem Weg, und sie stand da, winkte ihm zu, als er sich immer wieder zu ihr umdrehte, bis sie schließlich ihm nur noch nachwinken konnte.

Wenig später nahm die andere Welt ihn auf.

„Residente" indes fühlte er sich in ihr nicht.

INTERMEZZO

Ein Herbsttag, ein wunderschöner.

Dass überhaupt Herbst war, merkte man tagsüber gar nicht. Alles noch so weich, so sommerlich. Selbst die Dämmerung gab sich samtig.

Aber es war nun mal Herbst.

Wie in unserer Ehe, dachte sie.

Eine andere Frau jedenfalls war nicht im Spiel, eher nicht. Obwohl: sie sah ihn doch so selten, was konnte sie schon von seiner Welt, seinem Alltag wissen, und wenn da eine Geliebte im Spiel wäre, würde sie es kaum von ihm erfahren.

Die Zeit jetzt: eine Ausnahme. Eine Art Rückkehr, zumindest in Momenten.

Wie beglückend das war.

Sie blickte auf das Kloster vor sich. Das Kloster der heiligen Birgitta. Es lag auf einem Hügel, auf einem der mehr oder weniger sanften sieben, die von dem Städtchen Palagnedra wie ein Flickenteppich überzogen wurden – weshalb man den Ort auch „Roms kleine Schwester" nannte. Sogar ein magerer „Tiber" schlängelte sich am Fuß der Hügel. Rom selbst war noch zu sehen, aufdringlich, wie sie fand.

Himmlisch, wie das Kloster im nachmittäglichen Licht da schimmerte. Es war einer Frau geweiht, einer, die man als mittelalterliche Feministin bezeichnen könnte. Eine Feministin jedoch, die keineswegs gegen die Männer zu Felde zog, im Gegenteil, sie forcierte religiöse Gemeinsamkeit und Gemeinschaft, freilich nicht im gefährlichen Durcheinander. Die Adlige aus Uppsala, visionäre Mystikerin, gründete sogenannte Doppelklöster, Einrichtungen, in denen Frauen *und* Männer lebten, wirkten, beteten, das ebenfalls unter doppelter Leitung: eine Äbtissin, ein Prior. Klar waren die Geschlechter in verschiedenen Komplexen untergebracht, doch die bauliche Überwölbung war eine gemeinsame. Gegner aber schon bald in den Löchern: Priester und nebenan Nonnen? Für Satan doch eine willkommene Spielwiese. Birgitta blieb indes im Gedächtnis, wird heute verehrt als geradezu frühe ökumenische Heilige. In hohem Ansehen auch die nach ihr benannten Schwestern, die ein ebenso spirituelles wie tätiges Leben führen, etwa in Bremen, etwa als Betreiber eines Weinbergs. Doch eben keine Doppelklöster. Ausnahme: Palagnedra. Es widerstand allen Bestrebungen, auch diese als Pflanzstätte der Sünde beschuldigte Einrichtung aufzulösen. Doch sie hielt sich. Männer die Priester, Frauen die Nonnen. Allerdings, man suchte diesen Spalt so wenig wie möglich in Erscheinung treten zu lassen, war in der Frage einer gegenseitigen Durchdringung und Wertschätzung sogar zu einem Leuchtturm im Gendermeer geworden. Inzwischen sogar mit vorsichtiger Rückendeckung aus Rom. Doppelklöster waren plötzlich wieder im Gespräch, behutsam. Außerdem war Palagnedra in die Höhen der Kunst katapultiert worden, hatte man doch die lange übermalten Fresken in der Klosterkirche bei ihrer Freilegung für eine Schöpfung Leonardo da Vincis gehalten. Sensation, Sensation. Für die Stadt auf den Hügeln jedenfalls ein Geschenk des Himmels. Die Besucher strömten und mit ihnen die Dukaten. Hatte sich der touristische Ruf Palagnedras bisher auf die Ähnlichkeit mit Rom konzentriert, eine Ähnlichkeit zwar nur im bescheidensten Maßstab, eine Ähnlichkeit aber gleichwohl, richteten sich nun alle Blicke auf die Fresken des universalen Leonardo. Zweifel, ob hier wirklich das Genie der Genies am Werk gewesen gab es von Anfang an, doch die meisten Wissenschaftler waren von der Echtheit überzeugt, die Leute von Palagnedra ohnehin. Es leuchtete da in der Klosterkirche auch zu betörend. Doch Ruhe wollte und wollte nicht einkehren, und einer von diesen Unruhestiftern war – ihr Mann. Er war es sogar, der das letzte Glied der Beweiskette lieferte, mit welcher der Heiligenverehrung in Palagnedra endlich der Garaus gemacht wurde, ein für alle Mal. Nunmehr stand fest, unwiderruflich: Die Fresken im Städtchen auf den sieben Hügeln hatte Bernardino Luini geschaffen, ein Zeitgenosse des Multi-Genies. Leonardo war bekanntlich Maler, Zeichner, Bildhauer, Architekt, Ingenieur und Naturforscher, lebte von 1452 bis 1519, Luini, sein geschickter Abkupferer, etwa von 1475 bis 1533, er kam aus der Gegend um Luino, wie Santa Caterina am Ostufer des Lago Maggiore gelegen, und von Luino bezog Bernardino dann auch den Namen Luini. Nicht, dass er irgendwer auf der Renaissance-Bühne gewesen wäre, er konnte schon was, berühmt sind zum Beispiel die Fresken, die heute noch in Lugano in der Kirche Santa Maria degli Angioli zu sehen sind.

Außerdem: Es galt nicht als Schande, da Vinci nachzueifern, und Luini, darin sind sich alle Kapazitäten einig, verstand es am besten. Dass man die freigelegten Fresken in Palagnedra zunächst ihm zuschrieb: es war ein nahezu zwangsläufiger Betriebsunfall. Das Witzige noch: Beide kannten sie Luino, ein quirliges Städtchen mit einem ebenso quirligen Markt. Und noch witziger: Unweit von Luino, im benachbarten Tessin, gab es ein Dorf mit Namen Palagnedra, stolz auf einem um die 600 Meter hohen Plateau gelegen und von ihnen natürlich aufgesucht. In der dortigen Osteria hatten sie sogar Polenta gegessen, ein Erlebnis, denn die Osteria schloss die herrlich heimelige Küche mit ein, in der eine tiefschwarze hagere Signora waltete – bei Kaminfeuer, obwohl draußen um die 25 Grad. Beim Rundgang durch das Dorf hatten sie einer Frau zugeschaut, die mit Schweißbrenner an einer überlebensgroßen Metallskulptur arbeitete, waren auch noch auf ein Malatelier gestoßen, wo sie eine kleine abstrakte Skizze erstanden und längere Zeit mit dem Maler, einem

Deutschen aus Freiburg, geredet hatten. Der war auch sehr gesprächig gewesen, als wenn er auf sie gewartet hätte. An einem seiner Wände hing ein Bild, so aus dem Übergang vom Impressionismus in den Expressionismus, es konnte also von ihrem Maler kaum sein, war es auch nicht, sondern stammte von einem Hermann Stenner, der hatte das Bild 1914 geschaffen, als blutjunger Künstler, er war Jahrgang 1891, aber es war ein Meisterwerk, „finden Sie nicht"? Dabei hatte sich ihr Bernd gar nicht als Mann vom Fach vorgestellt, hatte aber der Bewertung sofort zugestimmt. Das Bild hieß „Heiliger Sebastian", doch was sie sahen, war natürlich nicht das Original. Bei ihrem Maler, hörten sie, handelte es sich um einen Nachkommen jenes Hermann Stenner, der war 1914 an der Ostfront in Polen gefallen, und sein heutiger Verwandter tat nun alles, um den so unsinnig Gestorbenen ins Licht zu holen. So was erfuhr man in einem Dorf in Tessin, eines mit zum Teil prächtigen Häusern, Mailand war rasch zu erreichen. Jedenfalls hochinteressante Stunden, die im Palagnedra, Schweiz. „Roms kleine Schwester" in Italien hatte sich wohl inzwischen damit abgefunden, dass man nicht mit einer Schöpfung Leonardos protzen konnte, war natürlich nicht gut auf ihren Bernd zu sprechen. Man setzte nun ganz auf das Kloster, das *Doppel*kloster, das immerhin einzige, hatte schon mit schwedischen Stellen Kontakt aufgenommen, wegen der heiligen Birgitta, Mutter des geschlechterverbindenden frommen Lebens. Und mit Palagnedra im Tessin, ganz klar, hatte man eine gemeinsame Touristikstrategie entwickelt, in der spielte Luini natürlich eine gebührende Rolle, er war schließlich ein Mann des Lexikons. Ihr eigener war deshalb hier, um die Fresken, in gewissem Sinne ja seine, für ein geplantes Buch noch einmal genauestens in Augenschein zu nehmen. Und sie wusste: Es würde kein abwertendes sein.

56

Jedem die Ehre, die ihm gebührt. Endgültig nach Erscheinen des Werks – im Herbst kommenden Jahres – konnte Palagnedra seinen Frieden mit ihrem Mann machen.

„Geil!", hörte sie Johanna rufen.

Geil war was? Fragender Blick zur Tochter.

„Geil sind Frauen nur auf Männer", ließ sich ihr Bruder vernehmen. „Und du behauptest ja, eine zu werden."

Und *ob* sie eine werden würde – nicht nur biologisch. Das war für sie als Mutter sicherer als das Amen in der vor ihr liegenden Kirche.

„Dann eben cool", kam es gleichmütig über die Lippen der geliebten Tochter, der nicht mal mit schlechtem Gewissen heiß geliebten, Viktor dagegen, obwohl der Erstgeborene, hatte seinen Platz in der mütterlichen Werte- und Gefühlsskala hinter der Schwester. Blödes Wort überhaupt: Erstgeborener. Schon deswegen war Degradierung angebracht.

Viktor war freilich schon mehr Mann als Johanna Frau war, die Flecken in seinem Bett und in der Wäsche zeigten es. Startklar mithin für die maskuline Laufbahn. Johanna dagegen noch vor der Schwelle zur großen Genugtuung der Mutter.

Papas Mädchen, wie man so sagt, war das Kind allerdings nicht, Viktor aber auch nicht sein ganzer Stolz. Beide waren eben als Geschwister da, doch dass er sie nun in sein Herz geschlossen hätte ...

Hatte er *sie* ins Herz geschlossen?

Hatte sie *ihn* ins Herz geschlossen?

Ja, sie hatte existiert, die gemeinsame Liebe. Aber sie war nicht, wie sie eben einen Augenblick gedacht hatte, gereift, sondern war abgestanden, längst.

Kein schönes Gefühl.

Ein Gefühl von Schuld, irgendwie.

Warum hatte sie ihren Mann in der Kirche noch gar nicht aufgesucht – bei seiner Arbeit? Die ach so berühmten Fresken, seine Fresken sozusagen, sie könnte sie sich zumindest mal ansehen. Doch sie saß hier draußen mit den Kindern und wartete auf ihn.

Jetzt eine einsame Glocke. Zum Gebet, schien ihr, rief sie nicht. Vielleicht zur Beichte. Doch wer kroch heute noch in eines dieser hölzernen Gehäuse und gestand vor dem violetten Vorhang seine vermeintlichen Sünden? Wann hatte sie überhaupt das letzte Mal dieses Ritual absolviert? Ja, an Gott glaubte sie noch, ein sehr abgeblätterter Glaube indes, ähnlich der verblassten Beziehung. Aus der Kirche ausgetreten war sie immerhin noch nicht, wie auch ihr Bernd nicht. Dieser ganze religiöse Bereich: für sie beide absolut kein Thema. Okay, konnte man als Verlust sehen, als Vorteil aber auch.

Was so alles auf einmal in einem aufflackern konnte.

Klar, wenn man, wie sie gerade, sich in einer Weihrauch-Gegend aufhielt ...

„Ich zerkratze dir das Gesicht!“ blitzte Johanna.

„Es juckt mir da sowieso“, gab Viktor zurück.

„Hol mir wenigstens meine Spange wieder.“

„Hol sie selber. Wo liegt sie denn?“

„Bei mir an der Mauer.“

„Und wie kommt sie dorthin?“

„Sie ist mir hingefallen.“

„Kannst du sie nicht aufheben?“

„Hier sind lauter Stacheln.“

„Hier sind lauter Stacheln“, äffte er nach.

„Ich mache mir doch nicht die Hände blutig.“

„Willst ja auch Prinzessin sein.“

„Sehr witzig.“

„Schieb mir endlich das Fernrohr rüber.“

„Wozu bitteschön?“

„Will fernsehen, was sonst?“

.Eine vom Vater begeistert übernommene Redewendung. Der hatte mal, als er das Fernglas auf etwas richtete, gesagt, er sähe jetzt fern.

„Nur so?“

„Sehe ein großes Auto, garantiert Oldtimer. Zweifarbig. Weißes Dach, sonst rot.“

„Wo?“

„Wo wohl? Auf der Straße.“

„Wo fährt er hin?“

„Mein Gott, sind deine Fragen matschig. Woher soll ich das wissen?“

„Was für ein Oldtimer überhaupt? Erkennst du's?“

„Wahrhaftig der Mega-Citroën.“

„Also was Besonderes?“

„Der DS 19 war das ultimative Auto“, wusste mal wieder Viktor. „Wie eine Raumfähre, dieses Auto.“

„Jetzt sehe ich es auch. Und wieso eine Raumfähre?“

„Es war auf jeden Fall das sensationellste Auto seiner Zeit“, verkündete Viktor. „Nach ihm kam nichts mehr.“

„Wie nichts, keine Autos mehr?“ Ungläubiger konnte man nicht dreinschauen.

„Es kam nichts mehr, was als Neuigkeit neuer gewesen wäre.“

Das musste erst mal verstanden werden. Johanna verstand nicht. Aber sie sagte: „Verstehe.“

Und dann: „Warum überhaupt ein Oldtimer?“

„Weil die verbrannten Franzosen ihr Sternenauto nicht mehr bauen. Nach genau 1.456.115 dieser himmlischen Fahrzeuge waren sie von allen guten Geistern verlassen und stellten die Produktion ein, am 24. 4. 1975.“

„Das alles weißt du so genau?“

„Ist drin in meinem Computer, dem inneren, für immer und ewig.“

„Ein solches Auto zieht man einfach nicht aus dem Verkehr“, ereiferte Viktor sich. „Eine Kulturschande.“

„Hast du dich schon bei der UNO beschwert?“

„Seit wann kennst du denn die UNO, Grundschülerin?“

„Ganz viel kenne ich, “

„Das wird sich erst noch erweisen.“

Johanna streckt ihm wieder die Zunge heraus. Schon den halben Tag hatte sie damit verbracht.

Alle drei verfolgten eifrig, wie das Gefährt sich nach oben schwang.

„Ja, es hat seinerzeit viel Aufsehen erregt. Vor allem wegen seiner Federung wohl. Und verschiedene Höhen einstellen konnte man mit ihm ebenfalls, glaube ich. Das war bei keinem anderen Auto möglich.“

„Mensch Mama.“ Johanna musste schon wieder loben.

Ihr Bruder beschränkte sich auf die nüchterne Feststellung, anscheinend sei sie informiert. Stand dabei wie ein Pilz vor ihr.

„Ja, Mütter wissen einiges.“

„So viel wie ich weiß du nicht.“

„Ja, bei Autos kann dir keiner etwas vormachen.“

„Die andern zählen für mich einfach nicht“, stellte er klar.

„Citroën, Citroën“, lächelte sie.

„DS, DS“, konkretisierte er, auf den Zug aufspringend.

„Ein schwebender Pfeil, hat jemand mal gesagt.“ Weiterer Beitrag seiner Mutter.

„Von dem Auto da?“ fragte Johanna.

„Von dem Auto da“, brummelte ihr Bruder.

Nach einer kleinen Weile: „Viele Leute haben was über den DS 19 gesagt. Er wurde 1955 vorgestellt, auf dem Pariser

Autosalon. Und alle Welt rieb sich die Augen. Mit ganzen sieben Wagen ging er im Oktober in die Produktion, im November wurde gar nur einer hergestellt, im Dezember verließen aber schon 61 das Werk."

„In welcher Farbe?", wollte Johanna wissen.

„Blau mit weißem Dach."

„Unserer da ist dunkelrot", stellte Johanna fest, das Fernglas nun vor ihren Augen. „Aber ein weißes Dach hat er auch."

„Farbig spritzen kann man nach Herzenslust und Geschmack", sprach Viktor.

„Jetzt siehst du das Wunderauto mal in Echtigkeit."

In Echtigkeit – das war ein Ausdruck, den sie beide gern mochten.

Viktor nach einer kleinen Pause: „Es haben sich damals auch zahlreiche Berühmtheiten mit dem Auto fotografieren lassen. so toll war es."

„Filmstars dann sicher auch", äußerte Johanna.

„Und ob. Es gibt ein Foto, da ist eine Schauspielerin, weltbekannt, Italienerin, mit dem DS zu sehen. In der Unterschrift steht, der DS sei genauso weiblich."

Das also hatte sich ihr Viktor gemerkt. Seine Mutter musste lächeln.

„Ein Auto kann doch keine Frau sein", widersprach Johanna. „Oder hat das da einen Busen?"

Sie lachte ihre Tochter an. „Nein aber die ganze Form wirkt eben sehr weiblich."

Ganz einsichtig für Johanna noch nicht: „Dann sollte das Auto irgendwie eine Frau sein?"

„Könnte man so sagen, Schatz. Die Franzosen haben es jedenfalls ,Göttin' genannt."

Für Viktor ein Problem: ,Göttin', das stand diesem Auto zwar zu, aber eine Göttin war weiblich, mithin eine Frau, letztlich also ein Mädchen – wie seine Schwester.

Folgerichtig musste Johanna sofort jubeln: „Toll, das tollste Auto, sogar eine Göttin!" Strahlender Blick zur Mutter, halb mitleidiger zum gar nicht mehr so großen Bruder: Göttin konnte er bestimmt nicht werden., also selbst Mann war er ja noch nicht.

„Gemeint war bestimmt: Göttin aus Stahl." Viktor versuchte, die Lage doch noch für sich zu retten. „Und überhaupt: Es gab noch ganz andere Namen."

„Und welche bitteschön?"

„'Hecht' zum Beispiel, auch ‚Haifisch'."

„Ich finde, er sieht aus wie eine Kaulquappe."

Beide guckten sie erstaunt an: was war das denn für ein Vergleich?

„In der Schule hat man uns Aufnahmen von denen gezeigt, also von Kaulquappen, und so wie die sieht der, der …"

„Der DS", sagte ihr Bruder milde.

„Sieht der DS eben aus."

„Schatz, ‚Göttin' ist aber doch viel passender, meinst du nicht?"

Ja, meinte sie schließlich auch.

„Mehr als 105 Modelle hatte Citroën seit 1924 auf den Markt gebracht, als sie den DS präsentierten, aber bei dem gingen allen die Augen über. War einfach spitze, obwohl sich schon vieles bei diesem Hersteller hatte sehen lassen können. Doch nun diese Eleganz, dieser Komfort, dieses neue Fahrgefühl. Als Cabrio gab es den DS ja ebenfalls."

Ihr Viktor. Wie perfekt er daherredete. Prospektrede. An sich hätte sie ihn nun ein weiteres Mal bewundern müssen, aber eine plötzliche Leere schob sich dazwischen, eine auf ihren Sohn bezogene, und sie hieß: fremde Nähe. Die Tatsache, etwas in die Welt setzen, sich aufgeben zu müssen für ein anderes Wesen – es waren seinerzeit Monate des Horrors gewesen. Depression, Angst, Verzweiflung. Na, so geballt nun doch nicht, aber die berühmte Freude auf das Kind – bei ihr kam sie nicht auf oder nur selten. Mutter-Kind-Einheit, beschworen und besungen – für sie eine Last, keine Beglückung. Fremdes machte sich da in ihrem Bauch breit, raubte ihr die eigene Existenz. Sogar Todesgedanken hatte sie. Nichts wäre ihr lieber gewesen, als die Last, die sich da eingenistet hatte, los zu sein. Nun verstand sie, warum manche Mütter ihre Säuglinge töteten oder vorher schon abtrieben. Man redete so viel vom Trauma der Geburt und meinte damit die Kinder. Aber es gab auch das Trauma der Mutter. Und das war ebenfalls schlimm, war lebensbedrohlich, für das ganz eigene Leben bedrohlich. Weshalb sich einen Menschen einverleiben, wo man doch genug mit sich selbst zu tun hatte? Und er blieb doch in einem, das war ja das verfluchte Los der Mütter, blieb in einem, auch wenn es längst draußen war. Immer. Sie war daher auch gar nicht übermäßig erstaunt, als Viktor einmal wie aus dem Nichts sagte, er glaube, er sei noch gar nicht richtig geboren, nicht vollständig. In der Tat sie hatte ihm ja wirklich etwas vorenthalten, hatte zurückgehalten, weil sie einfach nichts hatte hergeben wollen. Also, insofern erstaunte sie die Äußerung ihres Älteren nicht, jagte ihr aber einen heillosen Schrecken und wahnsinnige Schuldgefühle ein. Wie, wenn er wirklich nur als eine Art Fragment sich auf der Welt bewegte? War sie für Viktor eine schlechte Mutter gewesen, zumindest eine kranke?

Mit ihrem Mann hatte sie nie über all dies geredet. Bei aller Liebe nicht. Und bei ihrem Frauenarzt hatte sie ebenfalls geschwiegen. Gegenüber jedem hatte sie geschwiegen, hatte sich stets eingeredet, dies sei allein ihre Angelegenheit. Nur von Wochenenddepression, davon hatte sie nach der

Entbindung von Viktor gesprochen und sich was geben lassen. Aber sonst bewahrte sie das Ganze wie Rapunzel ihr Haar im Turm.

Dabei hätte sie sich im Grunde alles ersparen können. Bernd und sie schwelgten ja keineswegs im Kinderwunsch. Sie waren da reingeglitten, ohne es vorher zu thematisieren. Ebenso gut hätten sie keine Kinder bekommen können. Nun bekamen sie eben welche. Auch okay. Eigentlich unvorstellbar.

Gefördert hatte diese Nonchalance freilich, dass sie die Pille nicht vertrug. Seit der ersten Einnahme stellten sich bei ihr Beschwerden ein, gleich eine ganze Palette. Eine Schule der Tapferkeit. Auch die anderen Maßnahmen. Mit ihr einfach nichts zu machen. Als wenn sie die Natur ein paar Jahrtausende zurückversetzt und ihr das urzeitliche Schicksal des Weibes auferlegt hätte: gebären, gebären, gebären. Der Sündenfall: die Verhütung.

Bei Johanna war ihre Freude dann aber groß, war riesig. Total anders als bei Viktor. Johanna war von Anfang an ihr Wunsch- und Herzenskind, schon als noch gar nicht feststand, ob es Junge oder Mädchen war. Doch war sie sofort sicher gewesen: ein Mädchen. Sie hätte schwören können.

„Wir fahren doch morgen alle zusammen nach Rom?" Ihre Tochter hockte sich neben sie.

„Wie geplant. Aber ich sehe, du hast deine Spange wieder."

„Die Sonne schien genau drauf."

„Sie will in Rom bloß was kaufen", steuerte Viktor bei.

„Ja, willst du, dass ich was für dich erstehe?"

Fragender Blick ihrer Mutter.

Johanna stocherte mit einem Stöckchen im Boden.

„Hab' eigentlich gar keinen Bock", sagte Viktor.

Sie ja im Grunde auch nicht. Aber so ein gemeinsamer Familienausflug war auf jeden Fall das Richtige.

Außerdem: Was kannte sie schon von Rom? Durfte man gar keinem erzählen: jetzt zum zweiten Mal hier und im Grunde null Interesse an der Stadt, an *dieser* auch noch. Na, null war übertrieben, weit übertrieben sogar, es war eher die allgemeine Abneigung gegen Besichtigungen. Das hatte sie von der Schule mit rüber genommen. Durfte sie den Kindern gegenüber nur nicht so deutlich zu erkennen geben.

Den Petersplatz konnten sie schon mal auslassen, da war sie gewesen, und die Kinder konnten sich später ihr eigenes Bild machen, wenn sie wollten. Für die Peterskirche galt das erst recht.

Unsinn. Gerade zum Petersplatz musste sie noch mal hin. Unbedingt sogar.

Es lag nur schon so weit zurück. Na ja, so weit nun auch wieder nicht.

Hatte damals, wie man so sagte, mehr Glück als Verstand gehabt. Als sie gekommen war, hatte sie eine relativ leere Fläche vorgefunden. Nun, Menschen standen und gingen natürlich dort, vor allem, da man ja wartete, doch es war mehr ein zweitklassiges Warten gewesen, weil niemand damit rechnete, dass weißer Rauch aufsteigen würde, gleich am ersten Tag des Konklaves. Schwarzer Rauch, klar, der würde sich nach oben kringeln, und das war ja auch schon ein Schauspiel, aber weißer ganz bestimmt nicht. Die Wahl war doch gerade erst angelaufen. Sie hatte gedacht: Schön, den schwarzen Rauch kannst du vielleicht mitnehmen, darauf kannst du warten, so bekommst du wenigstens etwas Direktes von dem berühmten Ritual mit. Kameras waren ja auch reihenweise aufgebaut, und auf dem Platz fanden sich nun doch zunehmend Leute ein. Trotzdem: Es war eine Erwartung ohne Erwartung. Niemand war darauf gefasst, dass schon der erste Wahlgang den neuen Papst hervorbringen würde. Das war dann wirklich eine Weltsensation. Und sie, sie konnte sagen: Ich bin dabei gewesen, habe den weißen Rauch aufsteigen sehen. Am Tag 1. Das war das Entscheidende: Der Weiße sofort am Tag 1. Insofern wäre es mehr als angebracht, wenn sie morgen alle den Petersplatz aufsuchen würden und sie erzählen könnten, was sich da damals vor ihren Augen abgespielt hatte, so alt waren die Kinder inzwischen ja doch. Jedenfalls: Noch nie war bei der Ankündigung einer erfolgten Papstwahl der Platz so leer gewesen wie an jenem Abend vor – ja, vor wie vielen Jahren war es eigentlich gewesen? Egal, auf einmal damals weißer Rauch, weißer, und der Platz keineswegs schwarz von Menschen. Das änderte sich allerdings in Windeseile. Keine halbe Stunde später und sie war beinah eingekeilt. Hinterher wurde ihr bewusst, wie erregt sie gewesen war, festlich erregt sozusagen. Und er war ja auch noch so jung, der Neue. Die zweite Sensation. Der, der so gerade mal noch reingerutscht war, weil eben erst Kardinal geworden, der trat als Julius III. auf den Balkon. Alles war Sensation. Erster Konklave-Tag, letzter Konklave-Tag. Blutjunger Neuling macht das Rennen. Damit auch jüngster Papst der Neuzeit. „Baby-Papst" titelte „Bild". Rom, die Welt im Rausch. Sie ja auch. Glockengeläut sogar in Nordkorea. In Nordkorea. Hatte gar nicht gewusst, dass es in Nordkorea noch Kirchen gab, geschweige Glocken.

Noch am selben Abend hatte sie sich schlau gemacht. Wenn es jetzt den dritten Julius gab, musste es auch den ersten und den zweiten gegeben haben, und da er nun mit diesem Namen regieren würde, war einer der Vorgänger ja wohl so etwas wie ein Vorbild.

Oder?

Die Nummer 1 konnte er kaum meinen: von 337-352.

Also der andere, aber ebenfalls sehr ferne: Julius II,

eigentlich Giuliano della Rovere, wurde 1443 geboren, entwickelte sich zum versierten Renaissancepolitiker, zum Förderer auch von Michelangelo, zum Feldherrn gar, war vor allem aber höchst cleverer Interessenverwalter des Kirchenstaates, den er durch geschickte Bündnisse und Verträge nach außen und innen stärken konnte, ein Ludwig XII. etwa prallte mit seinen Machtgelüsten an ihm ab. Papst war er von 1503 bis 1513, als solcher auch Kartenmischer vor und hinter Konzilkulissen. Nur welche geistlichen Ämter er früher bekleidet hatte, blieb eigenartigerweise offen. Also so was wie ein Seiteneinsteiger vielleicht? Bei Päpsten war ja alles möglich. Die Frage blieb aber: Was hatte der jetzige mit dem vorigen Julius gemeinsam? Als politischer Kopf wurde er nicht beschrieben, als Kunstkenner auch nicht. Und er würde schon in jungen Jahren die Tiara aufgesetzt bekommen, in verhältnismäßig jungen jedenfalls, mit gerade mal 50, während der Zweite erst eine Dekade später das Rennen gemacht hatte.

Spätabends, in ihrem Hotel, hatte sie noch eine Unterhaltung mitgekriegt, in der es ebenfalls um den Namen Julius ging: Warum ausgerechnet dieser? Eine der Antworten: Sei doch schön, wenn die Welt etwas zu rätseln habe.

Getauft war der jetzt Gewählte ja auf den Namen Alexander.

Ginge man danach, so war zumindest einer seiner päpstlichen Namensvetter ja weit mehr Lebe- als Kirchenmann gewesen: Alexander VI. Urbild abgrundtiefer Machen- und Leidenschaften.

Ein Karussell der Sünder, das sich da oben drehte. Unterm Himmel zwar, aber nicht himmlisch. In ganz vielen Fällen nicht.

Nun nahm ein Neuer Platz. Atemberaubend die Vorgeschichte, atemberaubend auch die Zukunft?

Es konnte spannend werden.

Auf einmal war es wieder ihre Kirche.

Viktor schaute schon die ganze Zeit angestrengt gen Himmel. „Bist du etwa Hans-guck-in-die-Luft?"

Das fragen zu können gefiel Johanna natürlich.

„Ich muss angestrengt nachdenken", antwortete Viktor, keineswegs beleidigt, sondern sehr ernsthaft.

„Angestrengt?"

„Wie ich gerade sagte, Ackergaul-Reiterin."

„Reite einen Schimmel, und Schimmel sind keine Ackergäule."

„Schimmel sind schimmlig." Keine Antwort, die saß, er wusste es selbst, wie ihm anzusehen war. Lahm fragte er: „Kommst du beim Reitunterricht überhaupt vorwärts?"

„Bin sogar schon gefilmt worden von Herrn Kadek."

„Als Beispiel für ängstliches Traben."

„Viktor, ärgere deine Schwester nicht. Über was denkst du denn eigentlich nach?"

„Angeblich angestrengt", kicherte Johanna.

„Mir ist, als hätte es später auch mal einen roten DS gegeben, nicht knallig, aber vornehm." „Wie der da oben –"

„Ja, doch der ist umgespritzt, wie gesagt."

„Irgendwie doch wie eine Kaulquappe", sagte Johanna.

„‚Göttin', Schatz, ‚Göttin'."

„Okay."

Wie das Kind das immer sagte: süß.

Das Kind? Wann sie wohl ihre Periode kriegte.

„Der Citroën fährt ins Kloster", meldete Viktor.

„Lass mich auch noch mal." Johanna streckte die Hand aus.

„Bitte sehr", sagte Viktor und reichte ihr das Fernglas. „Er ist nur nicht mehr zu sehen jetzt."

„Will es trotzdem haben."

„Quakt der Frosch."

„Sei nicht so gehässig zu deiner Schwester.“

Zu übertrieben reagiert, dachte sie. Minuspunkt für sie als Mutter. Was Johanna betraf, hatte sie noch immer das Gefühl, sie wie ein Küken schützen zu müssen.

Sie war jetzt schon wie ihre Mutter.

Mütter wurden immer wie ihre Mütter.

„Durch dich haben wir jedenfalls eine Menge erfahren“, sagte sie mit Blick zu Viktor. Tippte ihn anerkennend an.

„Kann ich einen Pfirsich?“ fragte Johanna. „Sicher, Schatz.“

Auch Viktor wollte.

„Nein, ich kleckere nicht“, sagte er im sicheren Wissen der anstehenden Mahnung.

„Ich habe gar nichts gesagt, Monsieur. Aber ich muss selber achtgeben, sie sind schon fast überreif.“

„Herrlich“, sagte Johanna. „Pfirsiche sind das schönste Obst.“ Auch sie beugte sich weit vor.

„Oma sagt das ja auch immer“, quetschte sie beim Verspeisen heraus.

„Was sagt sie, Süße?“

„Dass es beim Reinbeißen so leicht tropft und spritzt und man ihn weit von sich halten soll.“

„Den Pfirsich“, sagte Viktor.

„Weiche Birnen auch“, sagte Johanna. „Alles Obst.“

„Ihr sagt überhaupt oft dasselbe“, sagte Viktor – „Grandma und du.“ Er sah seine Mutter lächeln.

„Das ist oft so“, sagte diese.

„Wieso?“

„Dass Mütter das gleiche sagen, Großmütter und die Mütter drunter.“

„Drunter?“ Johanna verstand nicht.

„Mit ‚Mütter drunter‘ meine ich die Töchter der Großmütter, also Mütter wie mich.“

„Willst du gerne Großmutter werden?“ fragte Johanna.

„Wenn ich es bin, werde ich es gerne sein“, bekam sie als Antwort.

Was denn schöner sei: Mutter oder Großmutter?

Wenigstens sagte sie diesmal Großmutter, ihr Schmetterling, nicht Oma. Dieses Wort hasste sie. Sich vorzustellen, sie würde eines Tages als Oma angeredet werden – Bernd würde mal wieder lächeln.

Bernd der Kunstsachverständige. Bernd, der …

„Sag“, drängte Johanna.

„Schön ist erst mal dieser Tag“, war dann die zwar ausweichende, dennoch wahre, und vor allem geschickte Auskunft, denn zu einer abgewogenen Erklärung in Sachen erst- und postmütterlichem Sein hatte sie nun wahrlich keinen Bock, um im Sprachzoo der Kids zu bleiben. Sie fügte hinzu: „Zuhause soll es regnen – bei einer schon scheußlichen Kälte.“ Kurve gekriegt.

„Zuhause spielen morgen die Malteser gegen uns“, beschrieb Viktor die heimische Lage.

„Aber du kriegst doch auch hier alles mit, mein Großer.“

„Nicht so wie bei uns.“

„Sind die Malteser denn stark?“ wollte Johanna wissen.

„Unheimlich stark sind die“, klärte Viktor auf. „Erst Zwerge und jetzt auf einmal …“

„Riesen.“

„Genau, Kleine.“

„Als wenn du mich ärgern könntest.“ Konnte er aber sehr wohl.

Schnelle Weichenstellung: „Seid wenigstens froh, dass die Herbstferien wieder eingeführt sind.“

„Sieben Tage“, maulte Viktor.

„Zeit genug, um hierher zu fliegen.“

„Fahre lieber Auto.“

„Fliegen ist geil“, sagte Johanna unverdrossen. „Geil und cool und wunderschön.“ Sie warf die Hand aus: „Noch einen Pfirsich, bitte.“

„Un momento.“

„Aber du guckst komisch, Mama.“

„Tue ich das?“

„Sie hat recht“, sagte Viktor.

„Also?“ Johanna blickte sie eindringlich an.

„Beim Pfirsich muss ich an etwas Bestimmtes denken.“ Schon gleich wusste sie: Hätte sie so nicht sagen sollen.

„An was denn?“ Wie aus einem Mund.

Das wieder stimmte sie froh. Sie flunkerte: „Hat mit meiner Schulzeit zu tun. Nichts von Bedeutung.“

Tatsächlich gaben sie sich zufrieden. Mit der Schulzeit hatte es aber insofern tatsächlich zu tun, als damals Mona, mit der sie in der Klasse zusammensaß, in der Pause auf die Kerbe eines Pfirsichs gezeigt und gesagt hatte: „Sieht doch genauso aus wie bei uns.“ Sofort war ihr klar gewesen, was Mona meinte.

„Was dir alles einfällt.“

„Es fällt mir nicht ein, es fällt mir auf.“

„Jetzt, wo du es sagst.“

„Nicht wahr.“

Und sie hatte den Vergleich schön gefunden.

Später vielleicht etwas, das sie auch bei Johanna anbringen konnte.

Jedenfalls aß sie Pfirsiche seitdem anders.

Guckte sich etwa Johanna ebenfalls ihren an? Sah wahrhaftig so aus.

Ja, schau nur, dachte sie. Wir Frauen. Aber jetzt verstieg sie sich. Trotzdem, sie fühlte sich wohl dabei.

„Was lächelst du?" Johanna rückte ein Stück näher.

„Ich freue mich."

„Ich liebe Pfirsiche", sagte Johanna. „Ich könnte immer welche essen."

„Wir kaufen nachher neue."

„Eis wäre mir lieber", sagte Viktor.

„Eis schlecken wir auch."

Schlecken, dachte sie fröhlich – wie gut das zu Eis passt.

Viktor sprang von der Steinmauer: „Natürlich, es hat sie gegeben."

„Wie deine beiden Pickel."

Engel war ihre Johanna nun auch nicht. Musste sie im Prinzip bei Viktor auch nicht sein. Sie hielt zu ihrer Tochter.

Bemerkenswerterweise überhörte ihr Bruder die leicht fiese Bemerkung. „Es gab den DS später auch in dunklem Rot und oft mit schwarzem Dach. In den Sechzigern. Nicht selten mit Lederausstattung. So um die 13.000 DM kostete so ein DS. Ganz fein wurde es ein paar Jahre darauf mit der Pallas-Ausführung."

„Muss es nicht heißen: eine DS, Viktor? Du spricht immer von dem DS." Ganz milde, auf keinen Fall wollte sie ihn gegen sich aufbringen.

Zum Glück blieb ihr Sohn in großzügiger Stimmung.

„Das rutscht so unwillkürlich raus", sagte er, „das mit: ein DS."

„Hätte mir genauso passieren können, du Citroën-Professor."

„Und ab 1958 gab es die DS auch als Break", holte Viktor noch hervor. „Da passte dann das ganze Wohnzimmer rein. Der Kombi aller Kombis." Fügte, mit hörbarem Stolz, hinzu: „Aus dem Werk ‚Quai de Javel' in Paris."

Das Segel bei ihm war erneut gebläht.

Also, dass er sogar das Werk kenne – Bewundernd sah sie ihren Sohn an. Griff dann in den Korb: „Hier, nimm noch diesen Pfirsich, dann sind alle weg. Er ist auch der dickste und schönste."

Erhobenen Hauptes wies er das Angebot zurück.

„Schön, dann esse ich ihn. Gegessen werden muss er nämlich, weich, wie er schon ist."

„Gib ihn mir", sagte Johanna.

„Wie gesagt, er ist bereits sehr weich."

Ihr fiel etwas ein, und sie war stolz, dass es ihr eingefallen war, obwohl es sich ja auch als bloße Idee herausstellen konnte. War in den nächsten Minuten mit ihrem Smartphone beschäftigt. Und hatte tatsächlich Erfolg.

„Viktor, ich hab da was. Das wird dich interessieren." Im selben Moment dachte sie: Unsinn, das werden wir ihm schenken. Eine Sammlung mit über 300 Prospekten, Preislisten und Farbangeboten von Citroën auf DVD. Ganz überraschend, dass ihr Viktor das nicht wusste, sich es nicht längst besorgt hatte. Da musste erst seine Mutter draufkommen. Sie packte die Sachen zusammen. Es konnte nun nicht mehr lange dauern, bis Bernd kam.

Bernd, ihr Mann. Was bedeutete das eigentlich?

Sie war verheiratet, aber war sie, wenn nicht eins mit Bernd, doch wenigstens in inniger Zuneigung mit ihm verbunden?

Das war die Frage.

Allein leben – möglich oder ausgeschlossen?

Jürgen immerhin da. Den hatte sie, als Bernd mal wieder irgendwo, auf einer Party kennengelernt, eigentlich mehr als das, sie war ihm begegnet. Durch und durch ernsthafter Typ und so schlank. Hätte der am Steuer des Citroëns sitzen können, um das Kloster aufzusuchen und dort zu beichten? Als einer von denen, die einer alten katholischen Tradition treu geblieben sind?

Es gab sie wohl doch noch: Leute, die ihr Gewissen erleichtern wollen

Es gab überhaupt alles.

Ihr Kopf sank auf ihre Brust. "Brüste", hatte sie einst zu ihrer Mutter gesagt.

„Brüste, für mich platzen die immer so leicht", hatte diese geantwortet, „bleib lieber bei der Brust."

War sie selbst eine Frau? Wodurch zeichnete sich eine solche aus? Nur dadurch, dass sie gebären konnte?

Vor ihr lag eine Wüste. Vor ihren geschlossenen Augen. Endlose Wellen von Sand. Sie wusste nicht mehr weiter.

Einer könnte sie ermorden, und sie wäre froh.

Tatsächlich?

KLIMAWECHSEL

Doppelkloster, doppelte Begrüßung: Schwester Veronica, Pater Anselmo. Doch ohne die üblichen Zutaten, mit denen eine Begegnung dieser Art zumindest in kirchlicher Umgebung umrahmt waren. Der Mann, der sich für den Namen Julius entschieden hatte, duldete derartige Gewohnheiten nur widerwillig, wenngleich natürlich klar war, dass solche Ehrerbietung nicht seiner Person, sondern der Würde des Amtes galten. Und völlig negieren konnte er das, was über Jahrhunderte die Regel war, nun mal nicht. Rom war auch nicht an einem Tag erbaut worden – richtiger wäre allerdings, hier von einem Abbau zu sprechen.

Wie schwer aber dem Besucher, dem Freund, das Herz war, Anselmo sah es ihm an. Dabei war der äußere Eindruck auch diesmal okay: hellblauer Leinenanzug, das Gesicht sogar leicht gebräunt. Nicht nur für Anselmo ein gewohnter Anblick: Der Mann im zivilen Outfit am Lenkrad dieses Wagens – man hatte auch eben wieder ohne jedes Erstaunen salutiert. Kannte man ja schon, diese Ausfahrten (und nicht selten in Begleitung der Schwester). Dass Alexander aber heute beim Ausstieg die Sonnenbrille erst noch aufbehielt, hätte indes als Bestätigung der zweifach verdunkelten Stimmung dienen können, die ihn beim Ansteuern des Zieles zumindest unterschwellig begleitete. Schon lange hatte ihn ja begeistert, was die ebenso heilige wie tolle Schwedin Birgitta im 14. Jahrhundert in die Welt gesetzt hatte, nämlich ein Kloster, in dem Frauen und Männer nebeneinander leben und wirken konnten. Doppelkloster halt. Jetzt allerdings war er zu einer Einrichtung unterwegs, der es nicht vergönnt gewesen war, Fuß zu fassen, in der Kirche ihren Platz zu finden. Eine Genderkatastrophe, fürwahr. Nur noch eine Frage der Zeit, bis auch das letzte Licht in der brüchigen Kette der Gründungen verlöschte, und ausgerechnet flackerte es hier, vor seinen Augen. Etwa kein Grund, traurig zu sein?

Die zweite Last, mit der er hierherfuhr: das anstehende Gespräch, Geständnis. Ob er jedoch so weit gehen sollte, es mit einer körperlichen Demonstration zu belegen? Sie her, das ist er jetzt, mein Leib. War er allein, kam das in seiner Intimo-Boutique Erstandene hinzu.

„Immer wieder ein Gedicht, dein Auto", strahlte Anselmo aber erst einmal. „Allein sein samtenes Rot."

„Ja, das Rot des Weins", bestätigte Alexander.

„Und in den Besitz dieses Schatzes bist du noch mal wie gekommen?"

Nicht das erste Mal stellte er sie, diese Frage, was Alexander inzwischen etwas besorgt stimmte. Also, bei irgendeiner Gelegenheit hatte man in katholischen Pariser Kreisen von der Liebe, beinah Leidenschaft des neuen Papstes für Modelle aus Citroëns kreativer Glanzzeit erfahren, war daraufhin auf die Suche nach einem ausgefallenen Beispiel gegangen, um schließlich wo fündig zu werden? Nicht etwa im Mutterland, beispielsweise mit der „Ente", sondern in Skandinavien, ziemlich im Norden von Schweden, beim Besitzer einer kleinen Kaufhauskette. Der war selbst auf wundersame Weise an eine DS-Limousine aus der allerersten Produktionsphase geraten, hatte sich gleichwohl bewegen lassen, seine Kostbarkeit den Franzosen beziehungsweise dem neuen Papst zu überlassen – als Nicht-Katholik wohlgemerkt, was noch beinah ein zusätzliches Wunder war. Aber er hatte von der sensationellen Wahl gehört, fand es schön, dass man dem Mann im fernen Rom mit einem originellen Geschenk erfreuen wollte und ließ daher das historische Gefährt Richtung Paris beziehungsweise Italia davonrollen. Er hatte es übrigens so gut wie nie gefahren, sondern es sich in die

Wohnung gestellt, in einen Anbau. Besitz und Anblick hatten ihm völlig genügt.

Diese Vorgeschichte bewegte den Empfänger des exklusiven Geschenks, zumal er doch seit langem den Plan hegte, in seinem Marien-Buch – etwas gewagt zwar, aber wieso nicht? – Emanuel Swedenborg zu berücksichtigen, gleichfalls ja ein Schwede. Wobei ihn nicht dessen naturwissenschaftliche und sonstigen Talente interessierten, sondern seine religiösen Vorstellungen. Überhaupt: Schweden und seine Menschen sprachen ihn irgendwie an. Birgitta und ihre Doppelklöster trugen ja ebenfalls das schwedische Gütesiegel. Spontan jedenfalls hatte er den Beschluss gefasst, das Reich der Mitternachtssonne zum Ziel seiner ersten Auslandsreise zu machen, einen Staat mit großer demokratischer, aber winziger katholischer Tradition. Lebten zum Zeitpunkt seines Fluges doch gerade mal 86.785 registrierte Katholiken im Land des Schnees, allerdings beinah ebenso viele, die nicht gemeldet waren, so schätzte man. Das bei rund 9,2 Millionen Einwohnern. Um dieses verstreute Häuflein bekennender und nichtbekennender Katholiken kümmerten sich seinerzeit 162 Priester und ein Bischof. Das waren die ihm vorgelegten Auskünfte, und auf Zahlen konnte man sich immer verlassen, in der Beziehung lief der Apparat wie geschmiert. War es nicht die Aufgabe einer *Mutter* Kirche, der er jetzt vorstand, besonders diejenigen unter ihre Fittiche zu nehmen, die eben mutterseelenallein ihr religiöses Dasein fristeten?

Natürlich geschah dies ohnehin, aber es öffentlich kundzutun, als demonstrativer und aufmunternder Akt fürsorglicher Solidarität – das sah der oberste Hirte als seine vordringlichste Aufgabe. Etwa so wurde das päpstliche Unternehmen medienmäßig in Rom verkauft. Rappelvoll jedenfalls die Domkirche in Stockholm, in der Julius die Messe hielt und predigte, vor seinen aufrechten und den weniger aufrechten Anhängern, vor Geladenen, auch wohl vor nur Neugierigen. Presse und Fernsehen hatten sich schon im Vorfeld respektvoll geäußert, wenn auch trotz aller römischen Erklärungen erstaunt: Ein Papst bei ihnen, im auch glaubenskalten Norden, und sogar seine erste Reise ins Ausland. Keine Frage, ein bemerkenswertes Ereignis, vor allem, da der fremde Gast sich in seiner Ansprache im Dom und bei den anderen offiziellen Auftritten als bekennender Schwede darstellte, stets mit Bezug auf die große Birgitta und dem berühmten, freilich umstrittenen Swedenborg. Ihn stellte er bei seiner Predigt sogar in den Mittelpunkt, was wiederum Anlass zu zahlreichen Kommentaren im kirchlichen Lager bot, besonders dem konservativen, denn Swedenborg war zwar Christ, aber natürlich nicht Katholik gewesen, sondern halt Protestant, wie es sich für Schweden gehörte, und auch noch luthervergiftet genug, um eine neue Kirche entstehen zu lassen. Ihm also erwies das exotische römische Oberhaupt seine Hochachtung, ja Dankbarkeit, stellte er den Mann aus dem 18. Jahrhundert doch als den Wiederentdecker des ewigen Lebens dar, nicht eines abstrakten, geistig ausgedünnten Lebens, sondern des prallen, leibhaftigen, auf ewig währenden Seins. Als dauernde Vollendung der irdischen Vorlage, je nach individueller Ausprägung. Jeder, so Swedenborgs im Grunde ja nicht neue, gleichwohl neu ins Bewusstsein geholte Botschaft, jeder also erfahre nach seinem Abgang aus dieser Welt den Wechsel in die andere als Ausformung seiner irdischen Sehnsucht; seiner gewünschten und angestrebten, hier jedoch nie zu erreichenden Existenz. Auch und gerade in Verbindung mit den von ihm geliebten Menschen. Glück also pur. Und eben dieses von ihrem Landsmann neu entdeckte Glück hatte die Predigt im Dom zu Stockholm den schwedischen Zuhörern per

Simultanübersetzung vermitteln wollen. Die Reaktionen jedenfalls waren überaus positiv. Im Übrigen war auch noch ein anderer Name mit großer, innerlicher Verbeugung ausgesprochen worden: der von Ingmar Bergman. Galt ja geradezu als ein filmischer Fürst der Düsternis, des beklemmenden Ausgeliefertseins. Aber gerade dessen Filmtitel „Wie in einem Spiegel" weise, so Julius, auf eine helle, eine himmlische Zukunft hin, werde mit diesem Titel doch aus einer Verheißung des Apostel Paulus zitiert, wonach dereinst das jetzt noch Unvollkommene zum Vollkommenen sich entfalte, dann klar und deutlich vor Augen liege, was göttliche Sache sei: nämlich das menschliche Heil. Hatte unterstrichen: das *menschliche,* insofern irdische Heil. Hatte außerdem, in Abwandlung des berühmten Worts des Antichristen Nietzsche, hinzugefügt: „Denn alles Glück will Ewigkeit, will tiefe, tiefe Ewigkeit." So dieser Papst, Julius III.

Die Garbo war übrigens auch nicht ausgelassen worden.

Was er natürlich nicht zur Sprache gebracht hatte, war die Erleichterung, die ihm der Anblick dieser Gestalt schon früh verschaffte – die Erleichterung nämlich darüber, dass in jedem Menschen Platz für beides war, für das Männliche und das Weibliche. Keine neue Erkenntnis, schon klar, aber doch immer beschränkt auf das Seelische: Alle haben Anteile auch des anderen Geschlechts, Jungs Anima und Animus. Trotzdem, Mann galt als Mann, Frau als Frau. Bei der Garbo nun floss beides zusammen, in einer Art drittem Geschlecht, dem Androgynen. Wenigstens empfand er es so, aber er hatte plötzlich begriffen, dass man nicht mehr gefesselt war an die geburtliche duale Festlegung. Angesichts dieser so faszinierenden Erscheinung aus Schweden hatte er zum ersten Mal gedacht, in befreiender Freude gedacht: Niemand muss sein, was der Körper vorgibt. Es wär eine noch mäandernde

Erkenntnis gewesen, eine noch nicht auf ihn selbst bezogene. Später kam eine zweite Genugtuung hinzu: Dass Frau keineswegs hieß, Frau für den Mann zu sein, jedenfalls nicht immer, sondern auch, sich in ausschließlich femininen Gemeinschaften erfahren zu können. Von Romy Schneider zum Beispiel wurde gesagt, dass sie am liebsten *so* gelebt und geliebt hätte. War sie mit Männern nicht stets nur unglücklich gewesen, letztlich? Dinge, die er freilich bei Julia ausgespart hatte. Sie lagen aber in der Luft.

Ausgespart hatte er ja erst recht das Wichtigste.

Ein Ereignis in Deutschland aber wärmte ihm das Herz: die dort von fünf Dutzend Wissenschaftlern erstellte neue, urtextnahe Bibelübersetzung. Die war nun sogar weiblich getönt. Eine große Zeitung hatte es auf den Punkt gebracht: „Die Frauen kommen jetzt besser weg." Verborgen geblieben war ihm freilich nicht: Bei Einäugigen im eigenen kurialen Laden war die phänomenale Arbeit säuerlich aufgestoßen, milde gesagt.

Dachte er an die Garbo, dachte er auch an Jean Seberg. Ebenfalls ja eine androgyne Ikone und – beinah gar nicht verwunderlich – schwedischer Herkunft, wenn diese Wurzeln auch ziemlich tief steckten. Ein ihn bis heute tief berührendes Gesicht, eingerahmt vom aschblonden, keck geschnittenen Haar. Dazu mit einer ihn aufwühlenden Rolle: „Lilith". Porträt einer ver- und zerstörten Frau. Aber *Frau.* Leider dieses freiwillige, dieses todtraurige Ende im eigenen Renault. Ein tagelang unentdecktes blechernes Grab.

Versuche hatte es ja schon vorher gegeben.

Entsagung war für ihn durch ihr Gesicht immer schon durchgeschimmert.

Mitunter sprach er mit ihr, auf seine Weise. Vertraute sich ihr an.

Davon hatte Julia keine Ahnung.

Manches sagte er ihr eben doch nicht.

Vor allem das Entscheidende nicht.

Als Alexander die Absicht bekanntgab, als Auftakt seiner Reisetätigkeit nach Schweden zu fliegen, war man in der vatikanischen Umgebung alles andere als amused, und dieses Unbehagen verdickte sich dann noch erheblich durch die Art seines Auftretens in jenem für die Kurie so unappetitlichen Land. Swedenborg, Bergman, zu allem Überfluss noch die Garbo, das ließ die kirchenamtlichen Mienen zunehmend verkniffener werden. Und dass man dem „Baby-Papst" – interner Spitzname, von „Bild" übernommen – ein Liebhaber-Auto ausdrücklich für private Unternehmungen zum Geschenk gemacht hatte, hielt nur der so großzügig Bedachte für eine fabelhafte Sache. Es machte nicht nur in Rom die Runde: der Vatikan veränderte sich, bis hin zu dem Blumenbild, das der Neue mitgebracht hatte, diesmal keine Rosen, sondern weiße, mit Lackfarben gemalte Margeriten, auf rotem Untergrund immerhin – ein Werk der Französin Séraphine Louis, Dienstmagd, Laienschwester, Visionärin und vor allem grandiose Künstlerin, auf die Alexander in einer Ausstellung mit ländlichen Stillleben gestoßen war. Die auf Holz zu einem phantastischen Strauß gebündelten Margeriten hatten ihn geradezu magnetisch angezogen, er hatte das Bild auf der Stelle gekauft, es war, wie er erfuhr, rasch wie ein Windstoß entstanden, mit einer Art heiligem Eifer. Seltsame Frau, diese Séraphine, bäurisch-kantig und erhaben zugleich, leider mit einer Endstation namens Irrenhaus, wo sie im Advent 1942 starb. Nun fand eines ihrer Werke einen Platz in Alexanders Arbeitszimmer. Margeriten statt Dornenkrone – den Gesichtern seiner kurialen Mitarbeiter war die Missbilligung anzumerken. Einmal machte sich der neue Hausherr den grimmigen Spaß, gegenüber einer Kardinalsviper namens Dariotti zu bemerken: „Das Bild einer vermeintlichen Irren, Eminenz, Sie dürfen aber beruhigt sein, sie war katholisch."

Schwester Veronica hob einen Zettel auf: „Vom Winde verweht."

Seine Notizen für das Gespräch. Er hatte immer Angst, er könnte etwas vergessen. Mitunter kokettiere er mit beginnender Demenz.

Alle paar Wochen kam er hierher. Immer eine Erholung, selbst bei Stippvisiten.

Immer allerdings auch der Hintergedanke: Er müsste es zur Sprache bringen.

Doch dazu fehlte oft die Zeit.

Heute schien sie vorhanden.

Natürlich war er zu erreichen, für äußerste Fälle. Was ein äußerster Fall war, wusste Kelly.

Zuerst allerdings Kuchen, Kuchen mit Pfirsichen.

„Wie immer köstlich, Schwester Veronica." Werde sie der Novizin mitteilen, frühere Fachfrau bei Oetker in Bielefeld.

Das junge starke Maltalent, das, von dem sie im Dorf Palagnedra erfahren hatten, war das nicht auch aus diesem ostwestfälischen Ort gewesen?

Anselmo, das fiel ihm auf, war unruhiger, ungeduldiger als er selbst. Ahnte er, dass etwas bevorstand, wollte daher das Gespräch rasch wie möglich eröffnen?

Dennoch ließ er auch das zweite Stück nicht aus, die zweite Tasse ohnehin nicht.

Auf dem Weg ins Gästezimmer stießen sie mit einem großen, schlanken Mann zusammen. Anselmo, als dieser in Richtung Kirche verschwunden war: „Der Killer."

„Killer?"

„Er ist der, der die Fresken bei uns entzaubert hat. Nicht Leonardo, sondern ein gewisser Luini. Palagnedra knurrt und knurrt“, sagte Anselmo.

„Dabei hat man doch Erstaunliches vor sich“, sagte Alexander. „Was für da Vinci gehalten wurde, kann einfach nicht minderwertig sein.“

„Medizin schmeckt selten süß“, meinte Anselmo. „Was macht Julia?“

„Julius sieht seine Julia nur noch wenig“, antwortete er.

„So könnte ein Stück heißen“, schmunzelte Anselmo: ‘Julius und Julia‘.“

„Du sagst es“, gab er zurück.

„Du sagst es erstaunlich ernst.“

„Bedeutsames ist selten lustig.“

Sie gingen ins Gästezimmer, nahmen Platz. Zum Glück sehr bequeme Stühle, dunkelgrün überzogen.

„Das dauernde Pendeln zwischen Rom und Castel Gandolfo nervt“, berichtete Alexander. „Und nur ein Zimmer reicht nicht, sie denkt deshalb daran, sich da eine kleine Wohnung einzurichten.“

„Das Territorium ist herrlich“, sagte Anselmo.

Natürlich war es das, aber Sommerresidenz blieb es trotzdem, oder eben Sommersitz.

„Ich liebe und ich hasse es.“

„Nur noch der Dalai-Lama ist geistliches *und* weltliches Oberhaupt.“

„Ich und Staatsoberhaupt. Ein Gebilde wie ein Stecknadelkopf, dem ich da vorstehe. Dazu noch, was mich besonders ärgert, eine mit *Mussolini* ausgehandelte staatliche Souveränität.“

„Manchmal muss man auch mit dem Teufel am Tisch sitzen, Alexander.“

„Ich weiß.“

„Hitler, wäre er ebenfalls erwischt worden, hätte genauso wie der sogenannte Duce enden können“, sagte Anselmo.

„Vielleicht nicht durch Erschießung und dann als Leiche kopfüber am Dach einer Tankstelle.“

„Du meinst, die Tötung hätte gereicht?“

„Nein, man hätte ihn schlimmer als eine Ratte ...“ Er schwieg.

„Ja, was reden wir“, sagte Anselmo.

„Die Stelle am Comer See, wo Mussolini am 27. April 1945 von Partisanen entdeckt und festgenommen wurde, kenne ich“, sagte Alexander. „Er hatte sich ja verkleidet, als Flakkanonier, wollte in die Schweiz.“

„Wie feist er war“, sagte Anselmo.

„Am 28. April Mussolini, am 30. April Hitler.“

„Ostern war wohl nicht gerade?“ fragte Anselmo.

„Wüsste gar nicht, wie ich das deuten sollte“, sagte Alexander.

„Es wäre ja auch eine Auferstehung gewesen, die des Friedens.“

„Ich werde mich schlau machen“, sagte Alexander. „Möchte das auf jeden Fall in Erfahrung bringen.“

„Schon eigenartig, dieses beinah gleichzeitige Ende“, sagte Anselmo.

„Es widert mich wirklich an, dass dieser Verbrecher es war, dem der Kirchenstaat seine Wiederauferstehung verdankt, zumindest auch verdankt.“

„Wie du bereits sagtest: ein Stecknadelkopf. Ein Staat in der Streichholzschachtel.“

„Wie klein er auch ist, er ist zu groß.“

„Bist du wirklich dieser Ansicht, Alexander?“

„Schluss jetzt“, sagte dieser, straffte sich.

„Einem Weltreich des Geistes, des pfingstlichen Geistes stehst du allemal vor", sagte Anselmo.

„Ja, ja, ja."

„Nach einem vatikanischen Pass würden sich viele die Finger lecken."

„Gerade mal 550, die ihn haben – 550."

„Darin siehst du, wie exklusiv er ist." Anselmo hatte natürlich recht.

„Richte Julia aus, dass sie das mit der Wohnung gleich angehen soll. Sie reibt sich sonst auf."

„Sie ist auf dem besten Weg."

„Der der beste eben nicht ist", lächelte Anselmo. „Dass es beides gibt: Schule und Dependance: ein Orden wäre fällig."

Julias zündender Einfall: Eine eigene Mädchenschule. Immerhin gab es rund 3.000 vatikanische Angestellte, immerhin gab es die Botschaften, also Eltern und Töchter in Hülle und Fülle. Und es würde eine Schule sein, zwar in katholischer Trägerschaft, aber offen wie der Himmel über den vatikanischen Gärten. Geschlechtsspezifische Einrichtungen waren im Erziehungsbereich ohnehin wieder im Kommen. Dass Alexander es begrüßen würde, stand für Julia keinen Augenblick infrage. Gleichwohl war sie überrascht von der Heftigkeit seiner Zustimmung. Indes, das geplante Projekt flackerte vor einem brisanten Hintergrund: Alexander hatte vor, auch das Staatssekretariat endlich mit neuem Geist zu durchtränken. Dazu wollte er mit einer zementierten Tradition brechen, nämlich eine Frau an die Spitze stellen. Kirchenrechtlich durchaus möglich, so wie ja auch ein Papst-Rücktritt immer schon möglich gewesen war. Solche Dinge mussten nur *geschehen*. Dass im und mit dem Staatssekretariat etwas passieren würde und musste, war allen klar, und es hätte schon längst vor sich gehen sollen, aber gerade hier sah sich

Alexander von vielen Mauern umgeben. Wenn er dazu noch mit einer Frau kommen würde … Aus Testgründen hatte er schon mal, wie nebenbei, den Gedanken einer gänzlich anderen Besetzung dieses Postens ins Spiel gebracht, ohne freilich das Wort Frau auch nur zu streifen, hatte nur allgemein einem strikten Neuanfang das leise Wort geredet, doch wurde selbst dieser vorsichtige Anstoß höflich in lauwarmes Wasser getunkt, erst gar nicht zu einer ernsthaften Erwägung zugelassen. *Ver*änderungen, Heiligkeit, doch keine Änderung. Man schien es nicht einmal zu befürchten, dass eine Frau dem Staatssekretariat vorstehen könnte. Obwohl man gewarnt sein musste: Ins Presseamt zum Beispiel hatte er bereits eine Frau als „autorisierte Sprecherin" gehievt.

Das Projekt Mädchenschule aber wurde durchgezogen. Beifall bei den Angestellten, akkreditierten Diplomaten und Journalisten, auch bei den meisten Töchtern selbst. Klar, Schule blieb Schule, doch in *diesem* Rahmen: einfach cool. Ein Wagen nach dem anderen lud morgens Mädchen aus und später wieder ein. Wie frisch doch das perlende Stimmengewirr. Im knarrenden Gehäuse der Kurie ließ man es dem Obersten der Heeresleitung durchgehen, beschränkte sich auf schmallippige Hinnahme. Natürlich gab es auch die Leutnant-Ebene, und die fand die Neugründung prima, auch, dass die „reinregierende Schwester" das entspannende Ambiente von Castel Gandolfo für eine erholsame Dependance nutzte. „Scuola light" stand in „La Stampa".

Und es hing zusammen mit – Ingeborg Bachmann. Diese hatte nämlich, worauf Julia gestoßen war, 1963 etliche Wochen im Ort verbracht, im Haus des inzwischen hier ansässigen Komponisten und Herzensbruders Hans Werner Henze, allerdings nicht nur der keuschen Freundschaft, sondern auch der Arbeit wegen, schrieb sie doch bei diesem Aufenthalt für

Henzes Oper „Der junge Lord“ das Libretto. Ein Welterfolg dann, was die Tantiemen auch für die Bachmann fließen ließ. Endlich konnte sie, die so häufig klamm, aufatmen, Dukaten lagen nun bereit. Dieser Hintergrund war mit im Spiel, eigentlich sogar der Anlass für Julias Überlegung, ihre Schule in die vatikanische Enklave zu erweitern. Das heißt, strenggenommen befand sich die Schule nicht auf vatikanischem Staatsgebiet, sondern war Teil einer Gebäudeanlage innerhalb der päpstlichen Güter, und für die galt ein Sonderstatus, vergleichbar etwa mit einer Botschaft. Doch was hatte das für eine Bedeutung. Castel Gandolfo war Castel Gandolfo, war Revier des Papstes und als Stadt eines der schönsten Orte nicht allein im Latium. Freilich, die Schülerinnen mussten sich nun gefallen lassen, von Julia über eine Dichterin namens Ingeborg Bachmann aufgeklärt zu werden, was zum Beispiel die Tochter des philippinischen Botschafters zuhause kreischend verwünschte. Julia war inzwischen weit häufiger in Castel Gandolfo als der Bruder. Alexander manchmal scherzhaft: „Urban hätte dich als Braut des Teufels verflucht.“ Gemeint war Urban Nr. 8. Der gebürtige Florentiner, von 1623 bis 1644 baubesessenes Oberhaupt, gab das Kastell überm Albaner See bei Carlo Maderno in Auftrag, einem Meister aus der italienischen Schweiz. Und längst war das exterritoriale Anwesen in der Welt ebenso bekannt wie die römische Zentrale.

Alexander freute sich für Julia. Sie war Mitstreiterin geworden bei seinem Anliegen, den Vatikan in möglichst viele weibliche Hände zu überführen. Wobei er ja beileibe nicht der erste war, der hier Tatsachen schuf. Johannes Paul II. etwa, eine ansonsten für ihn schwer erträgliche Gestalt, hatte eine *Präsidentin* für eine der zehn päpstlichen Akademien ernannt? Und was gab es nicht an Bibliothekarinnen, Übersetzerinnen,

Internet-Spezialistinnen und sonstigen Fachfrauen auf vatikanischen Stühlen. Aber es war eben die mittlere Ebene, im Grunde eine zeitgemäße Ausdehnung der päpstlichen Haushaltsführung durch Nonnen. Na, vielleicht nicht ganz, doch wirklich Durchgreifendes war bis jetzt nicht erfolgt. Einmal hatte Julia im Scherz gemeint: „Du wärest wohl erst zufrieden, wenn du auch eine Päpstin an der Seite hättest. Wenn es einen aktiven Papst und einen im Ruhestand gibt: weshalb nicht ein päpstliches Gespann aus einem Mann und einer Frau? Oder wie wär's mit der alten Vorstellung einer alleinigen Päpstin?" Wie gut, dass sie nicht sah, wie blass, totenblass, er geworden war. Okay, eine Frau in der Leitung der Presseabteilung, das war ein beachtlicher Schritt gewesen, zumal er dem Fuchs Dariotti glasklar zu verstehen gegeben hatte, dass er, Julius, die Zuständigkeit der Dame nicht auf den inneren Betrieb des Amtes eingegrenzt sehen wolle, sondern dass sie als Sprecherin *neben* ihm zu gelten habe, nicht etwa *unter* ihm. Das „neben ihm" hatte er in der Unterredung noch mit dem Wörtchen „gleichberechtigte" verstärkt, mithin von „gleichberechtigter Sprecherin neben ihm" gesprochen, aber das nun auch in der offiziellen Bezeichnung unterzubringen, hätte wie eine Art Misstrauen gegenüber dem Amtsinhaber wirken können, und eine solche Situation wollte er nun doch vermeiden. Dass er die Dame stattdessen zur „autorisierten Sprecherin" kürte, musste reichen, Spekulationen würde es sowieso geben. Ein schwerer Fehler allerdings, dass er nicht darauf bestand, seine Wahl gleichzeitig mit Dariotti auftreten zu lassen. So konnte dieser seinen bisherigen Status als unangetastet erscheinen lassen. Einen stellvertretenden Sprecher gab es nicht, wenn der Boss fehlte, hatte sein Büroleiter das, was zu sagen war, vom dreimal überprüften Blatt abgelesen. Damit mussten sich die Journalisten begnügen.

Doch waren das ohnehin immer relativ unwichtige Nachrichten, bei den wesentlichen trat der neapolitanische Benediktiner immer in eigener Person auf. Bei ihm galt vor allem: Der Ton macht die Musik. Das galt, versteht sich, erst recht bei der Mitteilung, welche die neue Sprecherin betraf. Jeder Journalist hörte heraus: Der Kampf begann. Während er die Personalie verkündete, richtete die, welche es betraf, sich leise pfeifend in ihrem Reich ein. Das Ambiente war ein bereits vorher von ihr festgelegtes: lackiertes Weiß, bauschige rosa Vorhänge. Dariotti hatte nicht mal einen Blick hineingeworfen. Wer jedoch fast hörbar zischte, war die ihr zuerst zugeteilte Sekretärin. Diese Natter, wohl mit voller Absicht auf sie losgelassen, setzte sie nach drei Wochen an die Luft, holte sich dafür jemanden aus dem italienischen Generalkonsulat in Frankfurt, eine, die sie kannte und die drei Sprünge machte, als der Anruf aus Rom, aus dem *Vatikan*, sie erreichte. Nach ihrem Eintreffen lief es, bei allen Haken der Einarbeitung, wie geschmiert. Neu war, dass der PR-Bereich ausdrücklich jetzt in die Zuständigkeit der von Alexander installierten Sprecherin fiel, nicht mehr direkt ans Presseamt angekoppelt war. Und Marianne machte es fabelhaft.

Dariotti, eindeutig, waren die Flügel beschnitten.

Die Sprecherin hieß übrigens Claudia, halb deutscher, halb venezianischer Herkunft. Sie leitete zuletzt die Kulturabteilung des italienischen Generalkonsulats in Frankfurt, schrieb aber nebenher. Alexander kannte sie nicht persönlich, aber ein Freund hatte ihn auf sie hingewiesen, besonders auf ihre Arbeiten, daraufhin hatte er sie kommen lassen, und dieser Anruf war noch spektakulärer gewesen als der, der eines schönen Tages Marianne galt. Claudia war von einem Geheimnis umgeben, einem aber, welches sie selbst dem Menschen, dem sie schließlich in Rom gegenübersaß, offengelegt hatte, sie fand, das musste sie in diesem Fall tun. Würde etwa „Bild" davon erfahren, stünde nicht nur sie, sondern vor allem ihr Chef, der Papst, in bedrohlichem Gewitter.

Begonnen hatte alles dort, wo es dann auch endete: in Frankfurt. Dort Studentin an der Hochschule der Jesuiten. Erstklassiger Abschluss als diplomierte Theologin. Schon während der Studienzeit engagiert in einer sogenannten „Integrierten Gemeinde", locker gesagt: eine religiöse Kommune. Im Mittelpunkt immer die „Ganzheitliche Theologie". Darunter war zu verstehen: Herz und Kopf sollten zusammenwachsen, ein Ziel, das Julia und Alexander auch für ihre Mädchenschule vorschwebte. Letztendlich sollte alles in Leidenschaft münden: fürs Leben, fürs Religiöse, für Gott. Claudia hatte dann einen Job als Referentin ergattert, in ihrer Diözese Limburg. Nach zwei Jahren ein entwürdigender Zwist mit der dortigen Amtskirche, der waren ihre Thesen zu leidenschaftlich, sprich: extrem, sodass sie ihr bisheriges Umfeld gegen ein anderes eintauschte, was sie aber vielleicht sowieso getan hätte. So war der Wechsel zwar aus der Not geboren, doch in voller Freiheit vollzogen. Und berauschend insofern, als dies nun eine Existenz der extremsten Art war. Auslieferung pur. Einheit von Körper und Geist, bei dieser Frau war sie Wirklichkeit geworden. Absolut im Milieu, wie sie absolut bei Gott war. Und wo gab es das sonst: Eine Nutte, in deren Regal Bücher über katholische Dogmatik und Befreiungstheologie standen, aber auch „Die Geschichte der O". Zwischendurch, wenn es ein Zwischendurch gab, schrieb sie Artikel über Zustände in der Kirche, ketzerische natürlich, leidenschaftliche gleichwohl, sie erschienen immerhin in Organen wie „Süddeutsche" und „Welt", ferner in „Publik-Forum" sowie zwei in der Wiener „Furche", diese nach ausdrücklicher Aufforderung. Ein Beitrag lag noch unfertig in ihrer Schublade, war auch nicht aktuell, beschäftigte sich aber mit einem Phänomen, auf das sie immer wieder stieß: Dass Leute die Bibel lasen, viele sogar täglich, wie Patricia Highsmith, ohne dass dies im Glauben mündete, selbst wenn jemand wie die Highsmith mit „Gott", sogar „Jesus" auf gutem Fuße stand. Liegengeblieben war ferner eine kleine Abhandlung über berühmte Titel, die gar nicht vom Autor des betreffenden Werkes selbst stammen. Witzigerweise wieder mit der Highsmith, deren Freund es war, der ihr für ihren genialen Krimi-Erstling „Zwei Fremde im Zug" vorschlug. In ihrer Wut und Enttäuschung über das Gehabe der Amtskirche ihr gegenüber als Dozentin hatte sie austreten wollen, konnte sich dann aber doch nicht lösen, wollte sich auch nicht an der Frage festbeißen, es gab Dringenderes. Sie behielt die Kirche jedoch immer im Auge, war nach wie vor gut vernetzt. Kaum jemand wusste, was sie jetzt trieb. Zu den wenigen, die im Bilde waren, gehörte ihr ehemaliger Freund, ein Mensch mit dem, wie sie fand, blöden Namen Albert. Er hatte plötzlich vor ihr gestanden, wobei sie ihn dann nicht mal fragte, ob er, was ja aber nahelag, in bestimmter Absicht hier unterwegs war. Ihr heute unbegreiflich, wie sie sich in diesen geleckten Typen hatte verlieben können, immerhin war er Reporter bei der lokalen Zeitung gewesen, auch das ihr ein Rätsel, doch er schrieb nicht schlecht, das musste sie eingestehen. Sie hatten sich ein paar Minuten unterhalten, er hatte sich gar nicht erstaunt gezeigt, sie auf einmal als das zu sehen, was sie jetzt war, hatte sogar gemeint, er könne ja mal eine Story über sie als Aussteigerin schreiben, als Aus- und als Einsteigerin – dass mit dem Foto kriege man schon hin, man könne sie so aufnehmen, dass sie nicht zu erkennen sei. Von Missbilligung jedenfalls keine Spur, nur ein neutrales Erstaunen, was sie doch ein wenig verwunderte. Eigentlich redete nur er, was ihr auch ganz lieb war, und bei der nächsten Zigarette trollte er sich. Was sie jedoch wieder sehr gestört hatte: Dass er sie die ganze Zeit musterte. Klar, er hatte jetzt eine andere Frau vor sich, doch es erinnerte sie sofort unangenehm an ihr Zusammensein, wo sie ständig seine Augen auf sich gerichtet sah. Dauernd blickte er sie forschend an, nicht etwa vorwurfsvoll, doch mit einem irgendwie polizeilichen Interesse. Keine Fluse auf ihrem Kleid entging ihm, was ja auch sein Gutes hatte. Doch es hatte auch etwas Lauerndes. Ebenso schien er ständig auf der Jagd nach irgendwelchen Gerüchen. Und erst Geräusche. Für ihn allzu oft mit bedrohlichem Hintergrund. Ach ja, und auch sein ewiges „Du wirkst so nachdenklich …", was ihr ebenso zwangsläufiges „Bin ich aber nicht" zur Folge hatte. Schon aus diesen – letztlich ja banalen – Gründen war sie mehr froh als betrübt gewesen, als er von ihrer Bildfläche verschwand. Im Bett war's ja okay gewesen.

Kurze Zeit später traf sie seine Schwester bei Karstadt auf der Rolltreppe. Beide hatten sie sich mit halbem Lachen angesehen, und für sie bestand kein Zweifel: die andere hatte Kenntnis von dem Zusammentreffen, zu dem es zwischen dem Bruder und ihr gekommen war. Sie hatten sich auf eine Tasse Kaffee ins Restaurant gesetzt, was sich aber schnell als nicht so gute Idee herausstellte, denn ein Gespräch wollte einfach nicht in Gang kommen. Sie merkte jedoch, dass diese Isolde nichts lieber gehört hätte als Auskünfte über die Tätigkeit im Milieu. Etwas übrigens, das ihr immer wieder bei Frauen auffiel. Diese waren in der Regel erpicht darauf, abschätzige Bemerkungen hin, abschätzige Bemerkungen her, sich von dieser Art von Hingabe antriggern zu lassen. Ja, weshalb wohl diese Neugier?

Irgendwann aber reichte es. *Diese* Leidenschaft war ausgebrannt. Die Strategie ihres Ausstiegs überlegte sie genau.

Angst hatte sie nicht, hatte sie nie gehabt. Obwohl sie „drin" war wie man nur drin sein konnte in diesem Gewerbe. Das Wort „Nutte" hatte sie mit Freuden angenommen, eingebrannt blieb: ihr Leben war es nicht, nicht auf Dauer. Eine Strecke, eine Station, aber irgendwann würde sie das rote Licht ausknipsen. Ihr Zuhälter wusste das, und sie hatte es so mit ihm abgemacht, dass daran nicht zu drehen war. Insofern bildete sie eine der großen, großen Ausnahmen, von denen in TV-Runden stets die Rede war. Eine, die sich wirklich freiwillig in diese Welt begeben hatte, aus religiösen Gründen. Sie hätte auch den strengsten Orden wählen können. Natürlich, Frank versuchte sein Heil, aber es war nicht mehr ihres, er musste es schließlich eingestehen. Mehr um sein Gesicht zu wahren als in der Absicht, sie kleinzukriegen, schlug er sie zusammen, vor anderen seiner Frauen. Diese halfen ihr hinterher nicht mal auf. Die Zeit hinterher: so leer wie nur etwas. Ein, zwei Tage war sie versucht, aus ihren Erfahrungen im Milieu ein Buch zu machen, ließ es aber, weil: sie wäre dann doch wieder zurückgekehrt. Und wem wäre damit gedient? Konnte sie wirklich Neues mitteilen? Erst im vergangenen Jahr hatte im „Stern" der Bericht einer Rumänin gestanden, der voll bewusst gewesen war, auf was sie sich einließ, eine Rumänin, wo doch sonst auf dem Balkan mit allen möglichen Tricks gefischt wurde. Die Rumänin hatte, wie sie, sehr wohl ihren Zuhälter gehabt: ihren Verlobten. Jetzt studierte sie in Bukarest Betriebswirtschaft, erwartete ein Kind. Bei ihr selbst kam hinzu: Sie scheute sich, den religiösen Hintergrund ihrer Wahl zu schildern, obwohl dies ja das eigentlich Besondere war. Aber auch da war sie kein Einzelfall. Nein, sie verspürte keine Neigung, jetzt literarisch da einzusteigen, das Kapitel war abgeschlossen. Sehr passend rief in dem Moment die „Welt am Sonntag" an, bat um die Rezension eines Buches, das ein früherer australischer Bischof geschrieben hatte, ein in die Ehe gewechselter. Sie sagte sofort zu, konnte sogar mit dem Ex sprechen, nicht vor Ort natürlich. Er verwies auf einen Kardinal in Brasilien, der habe eine Menge zum Thema zu sagen. Seine Weihen, hatte sie am Schluss bemerkt, könne er ja nicht zurückgeben, die zum Priester und die zum Bischof, wie denn das so für ihn sei. Die Antwort war gewesen: Seiner Frau werde er die Letzte Ölung spenden, denn die lebe, weil unheilbar krank, dem Tod entgegen. „Dem Tod entgegen leben", das fand sie wunderbar, auch so hoffnungsvoll, und sie hatte es in ihrem Bericht wiedergegeben, wie es sich in der Realität ereignet hatte: am Schluss. Also, Geld hatte sie vorerst genug. Sie wartete nur, ohne eigentlich Vertrauen in die Zukunft zu haben. Wie gesagt: die beinah absolute Leere. An einem frühen Abend, ihrem Geburtstag, an den sie gar nicht dachte, läutete das Telefon.

Dariotti war bei der Vorstellung natürlich dabei gewesen, es ließ sich nun mal nicht vermeiden, eine süßliche Selbstpräsentation, ein hinterhältiges Aushorchen: „Und was haben Sie so in den vergangenen Jahren gemacht, außer Artikel in die Welt zu setzen?" Eben diese Artikel lobte Alexander, hob die Rolle des Freundes hervor, die dieser bei der nun ins Auge gefassten Besetzung gespielt habe. Die Kandidatin schlug sich gut, sehr gut, konnte alle Störfeuer der glatzköpfigen Fuchsnatur auslöschen. Rasendes Herzklopfen dennoch: Wie es an IHN bringen – ohne den anderen? Es konnte nur der Himmel gewesen sein, der das eintretende Wunder bescherte: Sie konnte sagen, nur IHM sagen, was zu sagen unumgänglich war. Und wie er es aufnahm. Das Wunder wurde immer wunderbarer. Sie konnte auf einmal nur noch stammeln, schluchzen. Er reichte ihr ein Taschentuch. ER, er reichte ihr ein Taschentuch. Hinterher trank sie schnell mehrere Campari, unnötigerweise, denn Anspannung musste sie nicht loswerden, sie wusste selbst nicht, wie ihr zumute war. Richtig bei Sinnen war sie erst wieder, als sie dieses Kleid in Pink erblickte. Sie betrat das Geschäft sofort, man holte das Kleid aus dem Schaufenster, sie zog es an, die Verkäuferin klatschte in die Hände: „Sporgente!" Claudia kaufte, beschloss indes, das Kleid nicht eher zu tragen, als bis die Zusage eintreffen würde. Sie fühlte sich berechtigt, eine Zu-, nicht eine Absage zu erwarten, ließ die folgenden Tage in beinah heiterer Gelassenheit verstreichen, bedachte Frank, als sie ihn auf der Einkaufsmeile sah, fast mit ihm zusammenstieß, mit einem fröhlichen Lächeln, sauste auch nicht jedes Mal, wenn das Telefon klingelte – merkwürdigerweise hatte sie ihre Handynummer nicht hinterlassen müssen –, saß beim Föhnen, als der Anruf dann kam, beinah hätte sie ihn überhört, es war aber nicht Dariotti selbst, sondern dieser Büroleiter, den sie gar nicht kennengelernt hatte. Er sprach so langsam, als diktiere er ihr seine Mitteilung, was jedoch die Wirkung erhöhte. Die Zeit für das Kleid war jedenfalls gekommen, also streifte sie es nach dem Föhnen über, fand sich perfekt für die „Vogue", wo blieb nur der Fotograf? Die nächsten Wochen waren nur wenige Wochen, Claudia genoss das große Hintersichlassen als Event, nichts bereitete Mühe, alles klappte, wirklich alles.

Und dann läuteten sie, die Glocken von Rom.

Dass selbst die kleine Wohnung atemberaubend teuer und das Gehalt niedriger als erwartet: na und?

Es wurde aufgewogen fast allein durch das Foto, nämlich sie im „Osservatore". Ohne Dariotti.

Zum Amtsantritt.

Wow.

Die Luft im Gästezimmer war mit Unruhe geladen. Wie gut aber, dachte Alexander, dass es überhaupt Anselmo gibt.

Dessen Leben viel gezackter war als das seine. Seines: Wie ein Flugzeug, das sich in die Weite, in die Höhe aufmachte, karrieremäßig gesehen, wenngleich er Karriere nie angestrebt hatte. Anselmo verdankte seinen mediterranen Namen der Vorliebe seines Vaters für alles Südländische, vor allem Spanische. Auf die Welt gekommen war er allerdings in Irland, im Schatten des einst berühmten Flughafens Shannon, wo lange die Transatlantik-Maschinen auftankten. Sein Vater war in dem angrenzenden Industriepark beschäftigt, als Handwerker. Anselmo hatte, für Irland nicht ungewöhnlich, schon als Junge gewusst, dass sein Platz am Altar sein würde, vielmehr: unter Menschen, denn Priester wollte er werden, weniger, um die Messe zu feiern, sondern um sich der Menschen anzunehmen, jener vor allem, die nicht vor einem Altar knieten. Irland blieb dann zwar seine Heimat, aber nicht das Land, wo er sein Leben verbrachte. Schon mit dem Studium begann eine Wanderexistenz, die ihn bis nach Nordafrika, aber auch nach Deutschland führte, wo er eine Zeit lang zur Aushilfe in einer Gemeinde wirkte. Hier hatten sich, wie man so sagte, ihre Wege gekreuzt, und sie kreuzten sich fortan immer wieder – bis jetzt, wo er im großen, der Freund im kleinen Rom sich bewegte. Eine Nachbarschaft und Beziehung, für die er zutiefst dankbar war, in die er heute all seine Hoffnung setzte. Was für ein schöner Ausdruck, dachte er. In etwas, in jemanden seine Hoffnung setzen. Beinah war er bewegt. Und dachte an den Pirol, dessen flötenden Gesang er oft nach dem Aufwachen hörte, an diesem Morgen zum Beispiel. Dass es ein Pirol war, wusste er noch aus seiner Jugend, auch, dass er Pfingstvogel genannt wurde. Das schien ihm jetzt verheißungsvoll, denn Pfingsten hatte mit Geburt, mit Neuanfang zu tun.

Neuanfang, aber wie das bei seinem Gesundheitszustand?

Von Anselmo kam ein Räuspern, und Alexander zuckte zusammen. Sekunden später hörte er sich die schon in der Kindheit eingepresste Formel sprechen: „In Demut und Reue bekenne ich meine Sünden."

BEICHTE

Was waren denn seine Sünden?

Alexander kannte nur eine einzige.

„In erster Linie habe ich Angst", gelang es ihm zu sagen.

Die müsse er haben, sagte Anselmo. Ohne Angst keine Gemeinschaft mit IHM.

Mit einer IHR wäre ihm lieber, antwortete Alexander.

Anselmo begriff nicht gleich, dann aber doch: „Gott ist auf jeden Fall auch Frau, Alexander. In ihm mündet alles."

Mit Jesus tue er sich schwer, sagte Alexander, Jesus sei Mann gewesen, und mit Männern habe er seine Schwierigkeiten.

„Ich bin auch ein Mann." Anselmo lächelte.

„Vor allem bist du mein Freund", sagte Alexander.

„Es macht mich glücklich, dass es so ist", sagte Anselmo.

Welche Wärme in seiner Stimme, seinen Augen.

Aber es musste gesagt sein, und also sagte er: „Ich bin nicht der, als den du mich siehst, Anselmo."

„Und wer bist du?"

„Ein Sünder der besonderen Art", sagte er, „der ganz besonderen Art."

„Luther hat sogar den Mut gefordert, zu sündigen", sagte Anselmo.

„In einem ganz bestimmten Sinne gefordert, das weißt du."

„Weiß es nicht."

„Ich ebenfalls nicht, aber Kelly wird's herausgoogeln, und dann erfährst du's auch." Könnte Anselmo doch selber. Doch saß der überhaupt vorm Computer?

„Aber nehmen wir's mal pur: Ja, den Mut zur Sünde hatte ich. Ein sehr fragwürdiger Mut allerdings."

Anselmo schwieg.

„Ich wollte Priester, Bischof, jetzt Papst immer nur aus einem einzigen Grund sein."

Anselmo schwieg weiter.

„Das, was einen geweihten oder gewählten Mann ausmacht, was er auf jeden Fall sein sollte – es hat mich nie berührt.“

„Weil?“

„Meine Berufung eben eine andere, quasi eine sehr fleischliche war.“

„Berufung hört sich schon mal gut an“, sagte Anselmo.

„Mit dem Ergebnis einer Missgeburt.“

Anselmo seufzte. „Wenn ich bedenke, was für ein Papst etwa Johannes gewesen ist.“

„Der Dreiundzwanzigste.“ Alexander nickte. „Er glühte, weil er Papst war. Ganz und gar Papst. Ich bin es lediglich, um etwas zu … zu beweisen.“

„Berichte doch einfach“, sagte Anselmo.

Wo aber sollte er anfangen Sollte er überhaupt anfangen? Auf einmal schien ihm, die Fahrt hierher war ein Fehler. Schließlich sagte er: „Als Junge habe ich einmal Julias roten Rock angezogen – und das nicht etwa heimlich, sondern mit ihrer Billigung. Sie hat sogar vorgeschlagen, damit nach draußen zu gehen, vors Haus, auch dann die Straße rauf und wieder zurück – zusammen mit ihr.“

„Und?“

„Ich hab‘s gewagt, obwohl mir das Herz bis zum Halse klopfte. Man hätte uns schließlich sehen können.“

„Hat man?“

„Nein, wir sind keinem bekannten Gesicht begegnet.“

„Mutig trotzdem, Alexander.“

„Einerseits ja, andrerseits: Nichts war mir lieber, als einen Rock zu tragen.“

„Das musst du mir erklären.“

„Ich wollte sein wie Julia.“

„Auch Mädchen haben manchmal bei uns die Sachen ihrer

Brüder angezogen, um in ihre Rolle zu schlüpfen“, lächelte Anselmo. „Ich sage nur: Lederhose.“

„Die hätte ich nie angezogen.“

Schluck Wein. Dann: „Während meines Studiums las ich, dass auch Rilke in Mädchenkleidung auf die Straße gegangen ist, aber da war er noch Kind. Und seine Mutter wollte, dass er als Mädchen auftrat.“ Eine solche Mutter, hatte er seinerzeit gedacht, hätte ich haben müssen.

„Mütter können auf die verrücktesten Gedanken kommen.“

„Aber er selbst wäre gern Mädchen gewesen.“

„Wäre er es gern gewesen oder fühlte er sich als Mädchen?“

„Da bist du schon nahe dran, Anselmo. Übrigens, an dem Tag, als ich den Rock trug, läutete bei uns eine Sintiza, Roma, was auch immer, an und fragte, ob unsere Eltern da seien, was sie ja aber nicht waren. Die Frau zeigte auf ihre Hand. Sie hatte also wahrsagen wollen. Was mir auffiel, war der farbige lange Rock, den die Frau anhatte. Später erfuhr ich, dass Zigeunerinnen grundsätzlich Röcke, keine Hosen tragen. Das gefiel mir.“

„Es gibt ja eine besondere Zigeuner-Seelsorge“, sagte Anselmo – „weißt du bestimmt.“

„Ich werde Unterlagen anfordern“, sagte er. Und, leicht träumerisch: „Was wohl die Zigeunerin aus meiner Hand gelesen hätte.“

„Ich nehme an, du weißt es – vorausgesetzt, du vertraust Prognosen dieser Art.“

„Ja, ich bin sicher, es wäre etwas in meiner Richtung gewesen.“

„Der Rock war deine Richtung“, sagte Anselmo. „Wenn du ihn schon in ganz jungen Jahren gern getragen hast …“

„Wie gesagt, bis auf die Sorge, gesehen zu werden.“

„Aber du hattest ihn anziehen wollen.“

„Ja natürlich. Der Rock, fand ich, gehörte nicht nur zu Julia, sondern auch zu mir.“

„Obwohl du ein Junge warst.“

„Obwohl ich ein Junge war.“

„Und Julia hat sich nicht gewundert?“

„Überhaupt nicht. Richtig, ihren weißen Häkelhut habe ich ja auch getragen, also zusammen mit dem Rock. Ihre Idee. So nach dem Motto: Wenn schon, denn schon.“

„Wenn schon als Mädchen, dann von Kopf bis Fuß, sozusagen.“

„Ja. Doch das mit dem Hut habe ich gar nicht so wahrgenommen, es war der Rock, den ich spürte, spüren wollte. Ich in einem Rock – das war‘s.“

Anselmo saß jetzt da mit geschlossenen Augen.

„Irgendwann wollte ich dann ganz sein wie sie, auch körperlich.“

Anselmo, nach einer Pause: „Wann?“

„So mit 13, 14. Auf einmal, während einer Messe, bei der Predigt, als der Priester vom Dank redete, den wir Gott schuldeten und ich von der Seitenbank im Altarraum aus Ursula sah, die einzige Freundin von Julia, als ich die so sah in ihrem hellblauen Kleid und in ihrem aschblonden Haar, da dachte ich plötzlich: Lieber Gott, warum hast du mich nicht Mädchen werden lassen, ich dachte es mit der Verbitterung von jemandem, dem man ein lebenswichtiges Anliegen verweigert hat, der nun sehen muss, wie er fertig wird mit seiner Leerstelle. Gott, dachte ich, hat mir vorenthalten was mir von jeher zustand. Wiederum: Es war ja Gott, der es mir zugestanden hatte, und insofern musste ich ihm durchaus dankbar sein. Nur, warum hatte er mich dann als Jungen auf die Welt kommen lassen? Ein Durcheinander von Gedanken an jenem Morgen. Vielleicht, legte ich mir zurecht, hatte Gott mich im entscheidenden Moment aus den Augen verloren und mich einem willkürlichen Prinzip überlassen, das dann mich dem Männlichen zugeschlagen hatte, obwohl es, bei etwas Glück, auch anders hätte kommen können und ich damit in Gottes ursprünglichen Plan eingegliedert worden wäre. Nun war ich, was ich niemals hätte sein dürfen, ein Mensch mit einem Organ, einem widerlichen, das ich allerdings einmal in meinem Leben lieben sollte, an einem Sommertag …"

So war auch das heraus, aber Anselmo beließ es dabei, begann erst recht und Gott sei Dank kein Gespräch über die Inzestproblematik. Auch er selbst spürte keinen Drang, weiter einzusteigen, dies alles war wie in einer Muschel geborgen, eingeschlossen Julias damaliges Bedürfnis, es nicht beim Mund zu belassen. Ohnehin ja immer auf Vollständigkeit bedacht, sollte er Eingang in sie finden auf jede mögliche Weise.

Auf jede.

Was sich dann über Stunden hinzog – naturgemäß. Das erste und das einzige Fest dieser Art.

Schon gar nicht bediente er sich allein.

Der pure Ekel gegen das ihm Angehängte.

Ein Vogel sauste gegen die Fensterscheibe. Lautes, hartes Geräusch. Beide schraken zusammen, zumal noch ein jähes, kurzes Glockengeläut sich hineinmischte. Er dachte: Hoffentlich meldet sich Kelly nicht. Aber wenn Kelly sich melden würde, stünde die Welt in Brand. Er befühlte sein Handy, doch nicht, ob es da war, sondern wie um sich von seiner Leblosigkeit zu überzeugen.

„Und", fragte Anselmo – „wann hast du dich mit Gott versöhnt?"

„Ach, er mischte sich einfach nicht ein, meldete sich in keiner Weise zu Wort. Das habe ich ihm hoch angerechnet."

„Gott blieb ganz außen vor?"

„Ich empfand nie Widerspruch. Das, wenn man so will, war Gottes Entgegenkommen. Hätte ich Widerspruch empfunden, hätte ich es nie machen können. So war es eine Art Gottesurteil."

Anselmo fragte nicht, was er denn gemacht habe, worauf er das Gottesurteil bezog. Die Sache hing wie ein Netz im Raum.

Minutenlang.

Endlich gab Alexander sich einen Ruck: „Ich habe mich umoperieren lassen, zum Beispiel." Der Freund starrte ihn an.

„Mir war zugewiesen worden, Junge zu sein, aber dann habe ich mich selbst angewiesen, zum Mädchen zu wechseln."

„Weil du dich als ein solches fühltest."

„Fühle", sagte Alexander.

„Und diese, diese erste Zuweisung, dass sie durch Gott erfolgt sein könnte, hast du nicht bedacht?"

„Ich bin nicht Mitglied einer Freikirche", sagte Alexander. „Ich habe mich zu dem gemacht, zu dem machen lassen, was meine Natur verlangt."

„Mithin gab es doch eine Festlegung", sagte Anselmo.

„Auch Irrtümer führen zu Festlegungen", sagte Alexander.

„Du bist jetzt also auch körperlich eine Frau."

„Entweder ganz oder gar nicht", sagte Alexander. „Das gilt nicht für jeden, muss es auch nicht, aber in diesem Fall, für mich, galt es." Nach kurzer Pause: „Man erkennt es nur nicht. Könnte es vielleicht erkennen, doch wer kommt auf die Idee, dass es sich bei mir, dem gewählten Papst, in Wahrheit und Wirklichkeit um eine Frau handelt?"

„Erst recht ich wäre nie darauf gekommen", sagte, nein stammelte Anselmo. „Niemals." „Das Leben ist eben voller Überraschungen." Abgeschmackt, fand er sofort.

Anselmo umklammerte sein Glas, ohne zu trinken.

„Ein Termin in der Schweiz, in Basel", hörte er von Alexander.

Wieder nach kurzer Pause: Oben sei er es übrigens ebenfalls – also Frau.

Drückte sanft auf eine der Erhebungen. „Mädchenhaft", kommentierte er lächelnd, „kleine Hügel. Hügel immerhin. Die hatten sich schon gebildet, bevor ich mich in die Basler Klinik begab."

Er sah: Anselmo war hilflos.

„Durch ständige Hormonzufuhr", half er nach, „da bildete, wölbte er sich, der Busen." Die Stimme sei aber dieselbe geblieben, obwohl er lieber eine andere bekommen hätte, eine frauenhafte. Doch dieses Geschenk mache das Östrogen einem Transsexuellen nicht, leider. Im Übrigen: Wie hätte sich alle Welt gewundert – er auf einmal mit verrutschter Stimme.

„Und wie hättest du es erklären sollen." Anselmo war wieder an Deck.

„Nein, war schon besser so", pflichtete Alexander ihm bei. „Hauptsache, ich bekam das Oberteil."

Anselmo musste schmunzeln: „Hört sich beinahe an, als sprächest du von einem Jäckchen, einer Bluse.

„Meinte meine obere körperliche Ausstattung als Frau. Und dabei kann es sich ja nur um eines handeln."

„Die Hügel."

„Eben die. Für mich wichtiger als die Stimme." Wie präzise er sich an den Morgen der Offenbarung vor dem Spiegel erinnerte, die auf einmal sicht- und fühlbare Veränderung links und rechts. Er hatte sich zur Untermalung Storms traumschönes Gedicht herbeigeholt, jenes, wo vom nächtlich-süßen Schall der Nachtigall, beim Hall und Widerhall die Rosen aufgesprungen sind, für eine Frau, einer jungen. Und in dieser Weise erlebte er es auch bei sich: als ein Fest.

„Die neuen Hügel von Rom", bemerkte Anselmo heiter. „Deine."

Alexander lächelte überrascht. Sein Anselmo. Wie poetisch der Freund doch sein konnte.

Dieser gestattete sich sogar einen Zusatz: „Und sie sind mindestens so schön wie die da," – er machte eine Handbewegung Richtung der Stadt – „wie die da am Tiber."

„Ach, Anselmo." Helle Rührung durchströmte ihn. Hätte sie dem alten Gefährten am liebsten gezeigt, seine Hügel. Seine Vagina dazu. Weshalb unterließ er es?

Tiefer Schluck Wein.

„Und dann warst du in Basel." Er sah, wie begierig Anselmo nun war. Aber in einem guten Sinne.

„Und dann – das hört sich an wie eine Kette, bei der alles eins ins andere greift. Es war ja auch eine Kette, es griff ja auch eins ins andere. Und trotzdem ..."

„Du weißt doch: Gottes Mühlen mahlen langsam", sagte Anselmo.

„Waren es Gottes Mühlen? Ich bin nicht sicher, ganz und gar nicht. Ja, ich war in Basel, hatte die richtige Klinik gefunden. Wie ich lange zuvor den Weg zum Östrogen gefunden hatte."

„Aber jetzt muss ich endlich fragen: Immer mit oder ohne Julia?"

„Nie mit Julia", sagte er. „Das ist das größte Problem überhaupt." Ein Schweißfilm überzog seine Stirn.

„Das, in der Tat, ist schwer zu verstehen", sagte Anselmo. „Bei eurer Nähe."

„Vor allem, da ich davon ausgehe ..."

„Dass sie es mittragen würde, nicht wahr?"

„Exactly."

„Sie hätte in Basel deine Hand halten können."

„Hätte sie auch um ein Haar angerufen. Obwohl es da schon zu spät war. Am nächsten Morgen war ja schon die Operation." Beinah wäre er auch aufgestanden und hätte die Klinik verlassen: In welche Schlucht begab er sich? Dabei war er damals noch längst nicht Papst. Schwindel selbst im Bett. Die Beruhigungstablette hatte er noch nicht erhalten.

„Aber es ging alles gut."

„Ja. Und weißt du, was ich hinterher als erstes dachte? Ich dachte: Jetzt bin ich Julia gleich."

„Körperlich."

„Nein, ich empfand ja Schmerzen, und Schmerzen zeichnen Frauen doch aus. Dadurch sind sie eine Gemeinschaft, die sie fundamental von den Männern abhebt."

„Über sie erhebt, könnte man sagen."

„In gewisser Weise ja."

„Maria heißt nicht umsonst die Schmerzensreiche."

Ein Punkt mehr, um sich ihr nah und näher zu fühlen. Wenn hier auch an Schmerzen anderer Art gedacht war.

„Und Julia – sie hat nie etwas zu sehen bekommen, bei keiner Gelegenheit?"

„Weder das eine noch das andere", sagte er benommen. „Obwohl – beim Busen habe ich immer gedacht: Er ist doch auf jeden Fall zu ahnen, für alle, denke es selbst heute, obwohl doch eingehüllt wer weiß wie, es verhüllt ja auch, verbirgt, was zu offenbaren ich mir so sehr wünschen würde. Eine Frau lebt davon, zu zeigen. Ich bin es, Frau, darf es aber nicht kundtun. Nichts wäre mir lieber, Julia, der doch jeder Grashalm auffällt, würde mich ansprechen, *darauf* ansprechen, doch was für eine hoffnungslose Hoffnung.

„Auf so etwas ist das Sehen auch nicht eingestellt", sagte Anselmo. „Man nimmt es vielleicht sogar wahr, kann es aber nicht in Zusammenhang bringen mit der konkreten

Person." Und fügte hinzu: „Bei mir herrschte ja ebenfalls Dunkelheit."

„Das Ganze ist wie ein Krimi", sagte Alexander. „Und der Täter bin ich."

„Nur, dass es keinen Mord gibt", sagte Anselmo lächelnd.

„Die Tote ist die Kirche", sagte Alexander. „An ihr habe ich mich vergangen, als Priester und als Papst erst recht."

„Du wolltest ein Tor aufstoßen", sagte Anselmo. „Und so wird es auch Julia sehen. Dass du sie bisher nicht einbezogen hast, wo ihr doch so etwas wie ein Herz und eine Seele seid …"

„Mir selber unbegreiflich", sagte, stammelte, Alexander, so, als sei es ihm gerade erst aufgegangen.

„Innerlich hast du dich ihr aber längst geöffnet."

„Jetzt möchtest du mich trösten. Ach, Anselmo."

Dann jedoch, aus völlig unerwarteter Ecke, konnte er sich selber trösten, weil plötzlich der Name Neggio in sein Bewusstsein sprang, Neggio überm Luganer See. Straßendorf im Malcantone auf halber Höhe, halb malerisch nur, aber mit anheimelnder Osteria und vor allem mit dem Kloster der Dominikanerinnen. Gut wusste er sich zu erinnern, wie schon das Tor ihn in feierliche Erwartung versetzt hatte, wie überrascht, ja beglückt er dann aber gewesen war von der ganzen Anlage mit ihren Palmen, Zypressen und den Weinhängen. Er war dort hingereist zu einer Tagung, die jedoch genügend Zeit zur persönlichen Ausgestaltung ließ. Und die benötigte er auch. Er war froh, sich absetzen zu können, obwohl die Teilnehmer durch die Bank interessante Leute waren, mit denen das Gespräch außerhalb der Sitzungen lohnte. Eine junge Nonne, die beim Essen bediente, war ihm sofort aufgefallen, weil: Sie rührte etwas in ihm an, machte sozusagen das Licht an – das Licht seiner wahren Identität. Oder noch anders. Durch sie wurde das bisher nur glimmende Feuer in ein knisternd helles verwandelt, wie das Kaminfeuer in der Osteria nebenan. Auf einmal fühlte er, was er bis dahin eher nur wusste: Er war Frau. Und am liebsten hätte er es sofort der jungen Schwester erzählt. Nie zuvor war er in einer so seligen Verfassung gewesen, sie war so unüberhörbar, dass Julia beim abendlichen Telefontalk sofort meinte, der Heilige Geist sei wohl in ihn gefahren – freudig aufgewühlt, wie seine Stimme bei ihr ankomme. Er konnte es nur bestätigen, nahm sich damals schon vor, nach der Rückkehr die Sache offenzulegen. Doch schon damals begann das Versteckspiel, führte er ihr nicht vor, was er bei nächster Gelegenheit in Lugano erwarb, u. a. eine todschicke, absolut weibliche Jeansjacke. Da er sie selbst anprobierte, war für die Verkäuferin klar, dass es sich nicht um ein Geschenk für Tochter oder Frau handelte, was sie zunächst hätte annehmen können, da er in Zivil auftrat. Der eng in Rock und Rollkragenpulli steckende Venditrice schien es aber wie selbstverständlich, dass er hier etwas für sich selbst erstand, mochte es so feminin sein, wie es wollte, unterließ jeden Hinweis auf Abteilung und Ware. Kurz war er versucht gewesen, sich zu erklären, doch dann dachte er: Sie weiß es sowieso. Ohnehin: Keine Signora hätte sich typischer vor dem Spiegel verhalten können. Die Jeansjacke war der Auftakt zu einem kleinen Kaufrausch, wobei auch die anderen Verkäuferinnen sich als Engel erwiesen, die ihn beim Eintritt ins Paradies begleiteten. Befremdliche Blicke von Kundinnen ebenfalls keine. Er war angekommen, in seinem anderen Land. Die Sonne fehlte einzig draußen, was ihn nicht hinderte, sich im Freien zwei Prosecco zu gönnen. Er fuhr mit der Ponte-Tresa-Bahn zurück, schon in der Jacke, was wieder keinem Menschen auffiel oder störte, stieg mit Vergnügen den sehr steinigen Weg von der Stazione Magliasina ins Dorf empor, kehrte kurz in der Osteria ein – hier ein Grappa –, begegnete dann niemandem auf dem Weg in sein Zimmer, wäre aber liebend gern der jungen Ordensfrau Teresa begegnet, ihr vor allem, wollte sich erst auf den Balkon setzen, da die Sonne ernsthafte Versuche unternahm, sich den Himmel zu erobern, war dann aber unschlüssig, nutzte die Zeit bis zum nächsten Referat für einen Gang durch das Weingelände, traf einen Bediensteten namens Manuel, der sich an noch jungen Zypressen zu schaffen machte, hatte, höchst erfreut, den Einfall, eine bestimmte Frage zu stellen, also stellte er sie, indem er mit der Hand zu den pflanzlichen Schützlingen wies. Ob er Gleiches für dieses gesegnete Anwesen noch stiften könne. Aber ja, aber ja, er nannte die ungefähre Summe, erhielt sie auf der Stelle, wusste auch sofort den Standort für die beiden Zypressen-Kids: Ein exklusiver, weil dort die Sicht die schönste. Und bitte mit Namensschildern: Julia und Alexander, okay? Er wollte die Namen aufschreiben, zur Vorsicht, aber Manuel wiederholte: Julia, Alexander. Damit die Sache klar war, erfuhr er noch: Sie, Julia: die Schwester, er: Alexander, der Bruder. Als hätte Manuel es vorausgesetzt. Vielleicht hatte er das sogar.: Si, si, Monsignore. Nun würden Julia und er auch hier vereint sein: als Zypressen überm Luganer See. Ein alter Buchtitel kam ihm in dem Sinn: „Salut gen Himmel". Ja, so konnte man es auffassen: Die Zypressen als ihr Salut ins Licht. Wie wohl er sich in diesem Augenblick fühlte, in allem. Schade, dass er nicht mit Manuel anstoßen konnte, es hätte so gut zu diesen feierlichen Minuten gepasst. Er holte es nach, als er ihn bald darauf in der Osteria antraf, da schwankten die Spitzen der Bäumchen bereits im Wind – und die Namen fehlten natürlich nicht. Der Lugano-Tag jedenfalls: eine Hymne. Zuletzt mit einem Blau, ähnlich dem seiner Jeansjacke.

Und spätabends, toller Abschluss, der nahe, der riesige Mond in einer Form, als wäre ein Teil schräg abgesägt. Er wollte da gar nicht genauer hinsehen, Wirkung ging ihm vor Ursache.

Alexander merkte, dass Anselmo ihn, erstaunt ob der Pause, forschend anblickte. Noch bevor er sich ihm wieder zuwandte, dachte er daran, dass er sein neues Untendrunter ja nie in die Wäsche und damit zu Julia gegeben hatte, weiterhin die alten Sachen, mühsam angeschmutzt und zerknüllt, in den gemeinsamen Korb geworfen hatte. Und heute verhielt er sich ebenso, gegenüber den Schwestern seines Haushalts.

Ein Leben mit Lug und Trug.

Dass er zur OP nach Basel gefahren war: Er hatte es für Julia mit einem vom Vatikan einberufenen Krisentreffen europäischer Bischöfe mit anschließenden Sonderberatungen begründet. Warum sollte sie Zweifel haben? Es blieb ihm dennoch ein Rätsel: All die Jahre nichts, kein Durchdringen nach außen, kein Angesprochen werden von Seiten Julias. Irgendwie weiß sie es, dachte er. Letztlich wird sie nicht erstaunt sein heute Abend. Heute Abend, unwiderruflich. Er sagte es.

„Gut", nickte Anselmo, „Sehr gut."

„Wenn man nur hinter allem Gottes Walten sehen könnte", sagte er. Griff wieder zur Weinkaraffe.

„Glaub mir, man kann", sagte Anselmo. „Denk an den Feuerstrom, der damals sich in die Welt ergoss."

„Also die Turbowahl im Konklave."

„*Deine* Turbowahl, Alexander."

„'Ein großer Sieg ist immer eine Gefahr'."

„Hört sich nach Zitat an."

„Nietzsche", sagte er. „Im Übrigen: Es gibt auch Leute, die ein Amt ausschlagen. Philipp Neri zum Beispiel wollte nicht mal Kardinal werden. Und ist trotzdem ein heiligmäßiger Reformator geblieben."

„Die mediterrane Ausgabe von Luther.“

„Manchmal bin ich froh, dass ich wenigstens nicht der einzige Papst bin.“

„Alexander, wer ist schon der Papst der Kopten.“

„Er relativiert zumindest den römischen. Weit mehr aber tröstet mich Carol, Carol Stone.“

Anselmo blickte ihn fragend an.

„Eine Engländerin“, sagte Alexander langsam. „Eine, die es geworden ist. Und Priesterin dazu.“

„Aber nicht bei uns“, sagte Anselmo.

„In der Kirche von England“, erläuterte Alexander. „Und der zuständige Bischof gab seinen Segen. Also, irgendwann im Laufe seines Lebens wusste der geweihte Priester Peter, dass er nicht länger Mann sein konnte, wagte daher das bis dahin Nie-Dagewesene: Er ließ sich – zu dem, was er in Wahrheit ja war: Frau. Und feierte als solche vor aller Welt den Gottesdienst. Die Gemeinde klatschte, im Stehen.“

„Das würde sie vielleicht auch bei dir, Alexander.“

„Carol hat ein Zeichen gegeben“, sagte dieser. „Und immerhin, es war die anglikanische Kirche.“

„Du sagst es.“

„Dies war ein Inselereignis, buchstäblich“, sagte Alexander.

„Doch du hast nun einen Verbündeten“, sagte Anselmo – „eine Verbündete.“

„Sie ist tot.“

„Gestorben nur, Alexander. Du kannst zu ihr beten.“

„Das werde ich, tue ich bereits.“

„Zwei Leben – wer hat das schon, Alexander? Es muss doch wie ein Wunder gewesen sein, dich als Frau fühlen zu können.“

Zu können: Er akzeptierte es also voll. Und freute sich mit.

Er atmete auf, hörbar. Sagte: „Neuer konnte ein Leben gar

nicht sein. Es begann ja schon mit der Hormonbehandlung. Schon das – eine Befreiung. Und ich empfand es wie eine Art Schwangerschaft. Die Geburt würde die Brust sein, die weibliche. Hoffentlich würde sie sich bilden. Gott, wie ich hoffte. Ich betete sogar darum. Doch es dauerte. Und wie es dauerte. Mein Advent. Und als sie dann da war, endlich und wirklich da war …“

„Weihnachten, nicht wahr?“ Wahrhaftig. Anselmo strahlte.

Alexander stand auf, umarmte ihn.

„Ich staune und bewundere“, sagte Anselmo.

„Jedenfalls, als ich in Basel erschien, hatte ich meine obere Ausstattung bereits. Den Penis indes, dieses grauenhafte Teil, den wurde ich jedoch endlich los.“ Immer noch sprach er den Namen des Organs mit Widerwillen aus.

„Stattdessen hast du seit Basel …?“ Anselmo schien es schwer über die Lippen zu kommen.

„Eine Vagina, ja“, sagte Alexander.

Schweigen, aber kein belastendes.

„Nicht durchgehend aber war ich ein Verächter des Penis“, setzte Alexander schließlich das Gespräch fort.

Diese eine Sache wollte er noch loswerden.

Anselmo wartete ruhig ab.

„Wie vorhin gesagt, ein Sommertag. Wir saßen am Rand eines Felds. Leiser Wind, der Weizen wogte. Julia in ihrem, in auch meinem roten Rock. Irgendwann lag sie auf dem Boden. Irgendwann knöpfte ich meine Hose auf. Beugte mich über sie. Sie hatte den Mund schon geöffnet, wartete, erwartete. Und also geschah es.“ So seine Erinnerung.

„Mithin ein schönes Erlebnis.“ Anselmo sagte es lächelnd.

„Doch hinterher belastend“, sagte Alexander, „wenigstens für mich. Julia ging aber mit, als ich es später beichtete, als wir es später beichteten. Ich hatte nämlich einen Priester gefunden, der sich zu dieser gemeinsamen Beichte bereiterklärte. Julia war mit Begeisterung dabei.“

„Ich hatte auch mal so einen Fall“, sagte Anselmo.

„Es war aber die große Ausnahme, das mit dem – mit dem Organ da unten. Dass ich es überhaupt als Sünde empfand, diese Sache mit Julia – ach, es lohnt sich nicht, darüber noch weiter zu sprechen.“

„Worüber willst du denn sprechen?“ Anselmos ruhiger, tiefer Blick.

„Das kannst du dir doch denken.“

„Du als ein Papst, der eine Frau ist.“

„Richtig.“

„Was nicht sein darf.“

„Es darf schon lange nicht sein“, sagte Alexander. „Seit dem Tag nicht, als ich zum Priester geweiht wurde.“

„Das auszuhalten – es fällt schwer, sich das vorzustellen“, sagte Anselmo.

„Ich kann es mir ja selbst nicht vorstellen“, sagte Alexander. „Ich lebe es nicht mal als Vision.“

„Doch, das tust du“, sagte Anselmo. „Anders wäre es gar nicht möglich.“

„Auf jeden Fall habe ich mich schuldig gemacht“, sagte Alexander, „Schwer. Nicht nur war ich als Frau Priester, Bischof, Kardinal …“

„Kardinal ist kein Sündenstand“, warf Anselmo dazwischen.

„Du meinst, zum Kardinal wird man bloß durch Ernennung, nicht durch eine Weihe.“

„Nur eine Würde.“

„Die freilich eine Weihe als Bischof voraussetzt.“

„Heute voraussetzt, meines Wissens.“

„Dein Wissen setzt mich immer wieder in Erstaunen. Richtig,

noch im 19. Jahrhundert gab es einen Kardinalstaatssekretär, der vorher auf keinem Bischofsstuhl saß. Erst mein hochgepriesener Vorgänger Johannes Nr. 23 band das Kardinalamt an die Bischofsweihe.“

„Das wusste wiederum ich nicht.“

„Den Bischof könnte ich schnell aus dir machen.“

„Tu mir das nicht an, Alexander.“

„Aber keine Ernennung wäre mir lieber.“

„Keine wäre unsinniger. Wenn du schon jemanden wohin hieven willst …“

„Ja?“

„Gerade wollte ich sagen: dann Julia“, lächelte Anselmo.

„Wir sind noch nicht wieder im Mittelalter“, lächelte Alexander zurück.

„Es gab damals Frauen, die hatten bischöfliche Vollmachten, in geistlicher wie in rechtlicher Hinsicht“, sagte Anselmo – „und das wohlgemerkt ohne Bischofsweihe, ohne Weihe überhaupt. Logischerweise müsste auch eine Frau Kardinal, Kardinälin sein können.“

„Bestimmt könnte vieles sein – wie im angeblich so finsteren Mittelalter schon vorgemacht. Wir waren die radikalste Kirche der Welt.“

„Was wir waren, können wir wieder sein.“

„Ich werde mir alle Mühe geben – soweit ich kann.“ Soweit er *noch* konnte.

„Ja, bleiben wir bei dir“, sagte Anselmo.

Bei ihm, der sich hatte ernennen lassen als Frau, als transsexuelle auch noch. Er sprach es aus. Trank. „Ein Gipfel des Unerhörten“, hängte er an.

„Ein Gipfel des Mutes, Alexander.“

„Ein Vorgipfel. Die letzte Verwegenheit fehlte noch.“

„Wer den zweithöchsten Gipfel bewältigt hat, wird vor dem höchsten nicht zurückschrecken, Alexander."

„Es geht ja nicht um die Gipfel als solche, Anselmo."

„Nein, doch du hast sie in ein neues Licht getaucht."

„Worte, Worte. Aber vielleicht habe ich Luther als Fürsprecher." Gequält freilich auch das. Ob er nicht mal erzählt habe, unter seinen Vorfahren seien auch Protestanten gewesen? „Lutheraner mit Herz und Seele", sagte Alexander. „Und einer war Hoftrompeter und Stadtpfeifer dazu."

„Du bist es ja auch", sagte Anselmo „Protestant. Eine Frau, die Papst ist, ein Papst, der Frau ist." Dann, straff wie ein Abt: „Gegen ein Gesetz hast du verstoßen – ein Gesetz. Gesetze aber unterliegen der Geschichte, also der Zeit. Und Zeiten ändern sich."

„Trotzdem …"

„Ich weiß, vielmehr ich ahne", seufzte Anselmo. „Aber vielleicht bist du ausersehen. Einer muss vorangehen."

„Eine."

„Da sind wir wieder bei Luther", sagte Anselmo. „Der Mut zur Sünde. Überhaupt: Nur im Radikalen wurzelt alles Große."

„Sagt wer?"

„Keiner der Unsrigen. Heidegger."

„Aber das hast du dir gemerkt, das mit dem Radikalisnus."

„Es werden schon andere ähnlich befunden haben. Übrigens, ein Neffe von Heidegger hat kürzlich unser Kloster besucht, und er war nun wirklich einer von uns, er ist nämlich Priester. Und zu seiner ersten Messfeier, das erzählte er, hat sein berühmter Onkel eine Rede gehalten. Der war, auch das für uns neu, sogar früher Vertreter der Ökumene, ließ sich sowohl katholisch wie evangelisch trauen, weil: Seine Frau war Protestantin. Du siehst, es gibt immer eine Lösung."

„Für meinen Fall kaum."

„Die Menschheit ist ein See, Alexander. Und in jedem See spiegelt sich der Himmel.“

„Ich habe mir zu viel zugemutet, Anselmo.“

„Das Große kann man nur naiv angehen, Alexander, sonst würde man sich nie darauf einlassen. Außerdem …“

„Außerdem?“

„Leben ist immer lebensgefährlich“, sagte Anselmo.

„Du weißt, wovon du sprichst?“

Anselmo schwieg, schüttete für sie beide nach.

Er hat mir noch nie gebeichtet, dachte er. Aber Anselmo und beichten: Es war so unvorstellbar. Jede Sünde, sie wäre so fern von ihm, egal, was er getan hätte. „Euer Wein ist herrlich“, sagte er. „Auch eine Art von Himmel.“

„Deshalb gilt ihm unsere ganze Verehrung. Gerade haben sich unsere Rebflächen durch Schenkung sogar noch vergrößert.“

„Sehr schön.“

„Eines würde ich aber doch gern wissen“, sagte Anselmo. „Was ist dir durch den Kopf gegangen, als man dich zum Papst gewählt hatte, dich, den gerade erst zum Kardinal Gekürten – und gewählt nach einem Ablauf ohnegleichen, einem Blitzablauf?“

„Nicht mal, dass es eigentlich nicht sein könnte“, sagte er. „Auch nicht, dass es nicht sein dürfte. Unglaublich, nicht wahr?“

„Auf den ersten Blick ja“, sagte Anselmo. „Aber nur auf den ersten.“

„Wie wir es auch drehen und wenden“, sagte Alexander, „es ist ein Unding, ein absolutes Unding.“

„Es kann nur Gottes Wille gewesen sein“, sagte Anselmo.

„Johannes XII. wurde bereits mit 18, andere Quellen behaupten, sogar schon mit 16, mit 16, Anselmo, mit der höchsten Würde bedacht, 900 und sowas. Eine Machenschaft des römischen Adels und bestimmt kein Auftrag Gottes."

„Es heißt doch: Gott schreibt gerade auch mit krummen Zeilen – oder so ähnlich." Anselmo beugte sich vor und holte die Karaffe zurück, schüttete sich vom klostereigenen Weißen ein.

„War nicht einer sogar noch ein Kind, gerade mal elf? Ein Benedikt wohl."

„Diese Namenswahl wäre ein ungutes Vorzeichen gewesen", knurrte Alexander, „doch hier handelt es sich lediglich um eine schaurige Legende."

„Kein Zweifel?"

„Nicht der kleinste."

„Ein Papst mit elf – das also gibt die Kirche nun doch nicht her, bei allem Abstrusen und Kuriosen." Erleichtert schenkte er sich nach. „Was übrigens Johannes betrifft: Er endete blutig, nachdem er den Lateran in ein Bordell verwandelt hatte und er mit einer verheirateten Frau im Bett erwischt wurde, von deren Gatten, der daraufhin den päpstlichen Nebenbuhler erschlug, verständlicherweise. So jedenfalls die Überlieferung, und hier darf man davon ausgehen, dass etwas dran ist."

„Du kennst dich gut aus, Alexander."

„Es ist mein Verein, ein durch und durch skandalträchtiger. Und ich bin der größte Skandal. Dass niemand eine Ahnung hat, ändert daran nichts."

Anselmo schien etwas fragen zu wollen, unterließ es jedoch.

„Ich selbst habe nie das Flammenschwert über mir gesehen, nicht als Priester, nicht als Bischof und in der Sixtinischen Kapelle nach meiner Wahl auch nicht."

„Aber jetzt?"

„Wie ich schon sagte: Ich habe Angst."

„Alles Neue macht Angst."

„Der Himmel am meisten, mir schon."

„Wegen möglicher Strafe?"

„Nein, überhaupt."

„Du hast Angst vor dem Himmel?"

„Und wie."

„Angst erfordert Tapferkeit – etwas, worin du ja schon geübt bist. Ich sage nur ein Wort: Papstgewitter."

„Priestergewitter", kam es vom Gegenüber. „Seit meiner Priesterweihe höre ich seine Einschläge. Aber ich ducke, duckte mich. Doch in letzter Zeit zuckt ein Blitz nach dem anderen. Und du weißt – der Knall darauf kann fürchterlich sein."

„Meine Mutter zündete eine Kerze an", sagte Anselmo. „Lass Julia eine anzünden. Denn sie ist doch im Bilde?"

„Sie ist es nicht", sagte Alexander. „Von dem vielem mir Unbegreiflichem ist das das Allerunbegreiflichste."

„Ja, seltsam", sagte Anselmo.

„Heute Abend werde ich sie in Kenntnis setzen", sagte Alexander. „Sie hat sich ohnehin angesagt, will Unterlagen von mir abholen." Er blickte auf die Uhr. „Dabei ist Julia mein Engel", sagte er. „Mein Schutzengel."

„Schutzengel wissen gewöhnlich Bescheid."

„Dies kann sie nicht wissen", widersprach Alexander. „Ausgeschlossen."

„Aber sie weiß doch um deine – deine Weiblichkeit."

„Schon, aber …"

„Und hättest du was bei ihr zu befürchten?"

„Höchstens, dass sie traurig wäre."

„Dass du so lange geschwiegen hast."

Alexander nickte. Er fühlte einen bitteren Schmerz. Julia, seine Julia. Jähe Liebe wallte in ihm auf.

Anselmo: „Dass du in ihr auch dich selber liebst weißt du

natürlich – Du spielst auf Jung an, Stichwort ‚Anima‘. Das Weibliche im Mann.“

Nicken. „Nur, dass es bei mir nicht um Anteile geht.“

„Weil du selbst Frau bist, kein weiblich gefärbter Mann.“

„Auf den Punkt gebracht, Anselmo.“

Wie froh er war, dass er Julia liebte – als Julia und nicht als sein Abbild. Nur so auch war es ja möglich, etwas für sie zu tun, *alles*. Er spürte den Drang zu bekennen: „Aus Liebe zu Julia könnte ich sterben“, sagte er – „ich meine, ohne Furcht. Wer liebt, hat keine Furcht, vor gar nichts. Auf diese Weise könnte ich auch meine Angst auslöschen, meine Himmelsangst. Wer liebt, verlangt nach dem Äußersten.“

„Kleine Frage zwischendurch: Wann genau sagte man ‚Furcht‘, wann ‚Angst‘“?

„Eine Frage für ganze Strenge. Also, Angst ist wohl allgemeiner, zielt nicht auf etwas Bestimmtes, ist aber deswegen nicht weniger schlimm, im Gegenteil. ‚‚Furcht‘ hat man vor einer ganz konkreten Sache.“

„Und gegen die könnte man den Kampf aufnehmen.“

„Wie vom Philosophen Kierkegaard abgeschrieben.“

„Hat der den Unterschied gemacht?“

„Ist jedenfalls gut möglich. Doch, ich glaube.“ Aber Herrgott, weshalb konnte er nicht sicher sein – etwa nicht mehr?

„Julia glaubst du nicht zu lieben“, kam es von Anselmo, „sie *liebst* du.“

„Allein mit dem Äußersten, nur letztlich damit kann ein Liebender seine Liebe zum geliebten Objekt bezeugen.“ ‚Zum geliebten Objekt‘ – geschraubter ging‘s wohl nicht. Wie weit war er gekommen, *schon* gekommen? Schnell, um den Anschluss herzustellen: „Und was ist das Äußerste? Der Tod, ausschließlich er. Der Tod ist das Hochfest der Liebe.“

„Sehr schön gesagt, Alexander. Aber du stehst im Leben."

„An einer Stelle, wo ich nicht hingehöre."

„In der Kirche zu stehen, kann nicht falsch sein. ‚Ubi ecclesia, ibi salus – Ubi salus, ibi ecclesia.' – ‚Wo Kirche, da Heil – wo Heil, da Kirche.' Richtig?"

„Ziemlich", sagte Alexander. Erneut bediente er sich von den Rebhängen des Klosters, gab aber etwas Wasser hinzu.

„Vielleicht sollte man sich viel mehr an Irenäus halten", sagte Anselmo. Alles, wohlgemerkt: alles, sei diesem frühchristlichen Märtyrerbischof heilig gewesen – nichts unheilig, nichts. Strikt habe er sich geweigert, irgendeinen Teil der menschlichen Wirklichkeit von Gottes Wirklichkeit auszuschließen – eines Gottes, der sich als ein durch und durch guter, als ein durch und durch liebender erwiesen habe, dessen Güte so groß, so allumfassend gewesen sei, dass sogar die Vertreibung aus dem Paradies als preisenswerte Tat gelten könne, als Heilswerk für den Menschen. Der Mensch, immer der Mensch.

„Ja, ja", sagte Alexander wieder.

„Ursprünglich, ganz zu Anfang, war der Mensch ja auch beides: Mann *und* Frau. Zumindest nach Genesis I. Nicht, dass der eine Anteile vom anderen besaß, sondern er vereinigte in sich sowohl das männliche wie das weibliche Prinzip."

„Damit kann ich nichts anfangen", sagte Alexander. „Die angebliche oder tatsächliche Sehnsucht danach ist mir fremd, absolut. Okay, androgyne Menschen faszinieren mich, sehr sogar, aber nur, weil sie die Möglichkeit eines Andersseins bekunden, nicht etwa als sozusagen eigenes Geschlecht. Mir zeigen Androgyne vielmehr: Die Geburtsurkunde ist kein Ein-für-alle-Mal-Bescheid, ich kann jederzeit aussteigen und neu einsteigen, gendermäßig. Doch was soll das jetzt." Erneut wirkte er angespannt, gequält.

„Ich möchte wissen, ob du im Vatikan der Einzige bist, der sich im anderen Lager befindet."

„Manchmal überlege ich das, bei gewissen Personen."

„Der Wechsel ist ja schon gravierend genug", sagte Anselmo, „Doch im geistlichen Gewand …"

„Dabei könnten sie mich unterstützen", sagte Alexander.

„Bei deinen Bemühungen, eine männliche Festung zu schleifen."

„Zement", sagte Alexander grimmig. „Nur mit dem Pressluftbohrer aufzubrechen."

„Sieh nur zu, dass aus der männerbündischen Kaste keine frauenbündische wird."

„Diese Gefahr dürfte noch lange nicht bestehen." Jetzt wäre eine Zigarette gut, dachte er. „Auf der Hinfahrt habe ich das erste Mal an Rücktritt gedacht. Stell dir vor, das erste Mal. Dabei wäre es so naheliegend."

„Tu das bitte nicht. Ich bitte dich wirklich." Mit weit aufgerissenen Augen sah Anselmo ihn an.

„Es war seine größte Tat, und größte Taten kann man nicht wiederholen. Ich hätte weiß Gott mehr Grund als dieser Benedikt, der sie für sich ins Feld geführt hat."

„Du könntest deinen nicht nennen."

„Mit der persönlichen Verfassung lässt sich immer argumentieren, selbst wenn der äußere Anschein dagegenspricht", sagte Alexander. Er nahm einen neuen Schluck. Sein Freund tat es ihm nach. „Fest steht: Ich habe gegen die Ordnung verstoßen", sagte Alexander.

„Gegen eine nur historische Ordnung. Geschichte verändert sich. Wir hatten das doch schon."

„Aber noch besteht die bisherige Ordnung. Und die erlaubt keine Frau als Priester, Bischof, erst recht nicht als Papst. Trotzdem habe ich die Vermessenheit besessen, auf diesen

Stühlen Platz zu nehmen. Das ist ungeheuerlich", schollt sich Alexander.

„Ich wiederhole mich: Ungeheuerlich ist höchstens dein Mut", sagte Anselmo. „Du wolltest einen Anfang machen."

„Was ich wollte, weiß ich doch selbst nicht", erwiderte Alexander.

„Du wolltest Frau sein", sagte Anselmo, „Unter allen Umständen Frau sein."

„Ja, aber das Geschlecht kann nicht alles sein. Es ist Natur, mehr nicht."

„Das ist viel, Alexander."

„Der Mensch wird Papst, nicht ein Mann, eine Frau."

„Wobei du auf jeden Fall Päpstin sein möchtest."

„Ja, so ist es. Und der Einzige, der es weiß, bist Du."

„Und heute Abend auch Julia", sagte Anselmo.

„Ich habe den Himmel herausgefordert", sagte Alexander, „Mit open end."

„Du hast in der Tat etwas Maßloses", sagte Anselmo.

„Wie Nero", fiel Alexander ein. „Nero, der Schreckliche."

„Der war er wohl auch, aber nicht nur." Zum ersten Mal grinste Anselmo.

„Also kein Wüterich, Brandstifter, Tyrann?"

„Rom hat er wahrscheinlich nicht angezündet", wusste Anselmo.

Bisher hatte Alexander sich in Sachen Bildung immer vorn gesehen, nun erfuhr er: der Freund konnte informiert sein.

"Er war das", setzte Anselmo seinen Unterricht heiter fort, „Was man heute Top-Manager nennt, Krisenmanager vor allem. Außerdem, höchst bemerkenswert: Er besaß eine künstlerische Ader, war Sänger der Meisterklasse. Keiner schulte seine Stimme so wie er."

„Mit einem Wort: Mega."

„Wenn du so willst."

„Ich will vor allem eines." Er brach ab: Ja, was wollte er? Schnell nahm er den Faden wieder auf: „Sicher ist, das Maß habe ich verloren."

„Jesus hatte das ebenfalls, oder vielmehr: er hatte es aufgegeben – wohlgemerkt: das Maß der Dinge, nur der Dinge, der Welt. Es muss maßlose Geister geben, eben Radikale, die jedoch in der beschützenden Liebe Gottes segeln."

„Mal wieder schön gesagt. Du solltest ebenfalls Bücher schreiben, Anselmo." Das, dachte Alexander, konnte man auch als Spitze auffassen, und eine solche wollte er am allerwenigsten gegen Anselmo richten. „Nicht falsch verstehen, Anselmo", sagte er, sah aber, dass dieser sich gar nicht bei seiner Bemerkung aufhielt, sondern wieder an-setzte.

„Auf jeden Fall ist Gott die Liebe, Alexander, die Liebe. Und ein Gott, der wesenhaft Liebe ist, kann einen Menschen, den von ihm geschaffenen und gewollten, nicht mit Verdammnis bestrafen, zumindest nicht mit der ewigen."

„Du spielst auf Isaak von Ninive an?"

„Den kenne ich gar nicht", sagte Anselmo.

„Bischof der assyrischen Kirche im siebten Jahrhundert. Von großer spiritueller Innerlichkeit."

„Man lernt eben nie aus", meinte Anselmo, und er meinte es ganz schlicht und wahr – wie es seine Art war. „Aber abgesehen von diesem Isaak: Für mich bist du ein Zeuge des Himmels, absolut. Im Übrigen – du hast recht: Der Mensch ist es, der Papst, der Priester wird. Und den Menschen hat Gott mit einem Körper gewollt. Er ist wesentlich, mindestens ebenso wichtig wie die Seele. Und Gott kann ihn nicht in zwei Klassen geschaffen haben, nicht mit der Absicht, das eine Geschlecht in seiner Würde zu mindern, indem es ausgeschlossen ist von gewissen menschlichen …“ Es gelang ihm im Moment nicht, das richtige Wort zu finden.

„Ich weiß schon, was du meinst“, sagte Alexander.

„Der Mensch hat den Ausschluss vorgenommen, der Mensch“, sagte Anselmo.

„Aber Gott lässt den Menschen auch die Freiheit, sich die Form – die Form, wie er seine, Gottes Schöpfung verwaltet, selbst zu geben. Und diese Form wieder muss verbindlich sein.

Sonst herrscht das Chaos.“

„Du willst dich mit aller Macht ins Unrecht setzen.“

„Doch ist es nicht so?“

„Angenommen, du hättest es dir vor der Wahl noch überlegt, hättest deine Frauwerdung rückgängig gemacht, seelisch zumindest, denn Frau, das warst du ja nun mal, hättest dich also wieder als Mann empfunden: Wäre dann das Papst-Sein ein Problem für dich? Du stündest doch wieder in der Tradition, der angeblich geheiligten …“

„Anselmo, hör auf.“

„Schwindlig?“

„So ungefähr.“

Nichts wie runter mit dem Wein.

„Betest du eigentlich?“, fragte Anselmo.

„Ich spreche mit Verstorbenen“, sagte er.

„Gut“, sagte Anselmo, „Sehr gut. Gestorbene sind Vorhandene.“

„Ich denke mit Liebe an sie.“

„Liebe ist ein und alles“, sagte Anselmo.

„Ein Rücktritt wäre auf jeden Fall angebracht“, hörte Alexander sich sagen.

Und dann in das Felsennest am Lago Maggiore, warum nicht?

Auf keinen Fall es sich in den Vatikanischen Gärten gut sein lassen.

Umbau des Klosters, wie gut sich das angehört hatte.

Bezahlt von dem, der dort so stilvoll einzog?

Mit Mietvertrag?

Du hegst fiese Gedanken, wies er sich zurück. Mach die Rechnung bei dir selber auf.

„Ich bin geweiht", sagte er, „und ich bin eine Frau. Beides zusammen geht nicht."

„Ich erinnere an den Prediger", sagte Anselmo: „Alles hat seine Zeit."

„Die Zeit ist aber noch nicht da, Anselmo."

„Woher willst du das wissen? Gott lässt geschehen."

„Du meinst, ohne große Ankündigung."

„Indem er dich machen lässt."

„Da hat sich schon mancher getäuscht, Anselmo."

„Ich jedenfalls höre den Glockenschlag."

„Ich höre auch einen, aber einen ganz anderen."

Anselmo hatte sein Glas absetzen wollen, doch behielt er es auf halber Höhe in der Hand. „Wir reden jetzt nicht über dein doppeltes Sein: als Papst, als Frau?"

„Tun wir nicht, nein."

„Ich will nicht ahnen, was ich ahnen könnte", sagte Anselmo.

Sein Atem, als wenn eine Lawine sich löste. „Du ahnst richtig", sagte Alexander. „To whom the bell tells."

Anselmo weinte. Schließlich: „Wie, wann?"

„Willst du tatsächlich alle Einzelheiten hören? Zu machen ist jedenfalls nichts mehr, nur noch abzuwarten. Ein halbes Jahr, vielleicht etwas mehr."

„Und dabei wirkst du wie …"

„Wie das berühmte blühende Leben?"

„So könnte man sagen.“

„Das Leben hört ja auch nicht auf, hoffe ich wenigstens. Und ein tatsächlich blühendes soll es erst dann sein.“ Lächelnd. Er wunderte sich über sich selbst.

„Sprechen wir nicht über das Hinterher, sondern über das Vorher, über das Jetzt, über *dein* Jetzt, Alexander. Das vermeintliche Muss, es muss nicht sein. Dafür gibt es zu viele Beispiele. Die Hoffnung kann meinetwegen sterben, aber …“

„Anselmo.“ Jetzt weinte er selber. Ein tränenüberströmtes Gesicht.

„Und Julia?“

„Weiß auch davon nichts.“

Noch einmal setzte Anselmo an: „Und sämtliche Möglichkeiten sind tatsächlich ausgeschöpft?“

„Sämtliche. Die letzte in Stockholm. Und die letzte war erst kürzlich.“

Und gerade die war nicht einfach zu verwirklichen gewesen. Und doch hatte er das beinah Unmögliche möglich machen können. Es überhaupt anzugehen, dazu hätte es eigentlich Julia bedurft. Aber er hatte sich gesagt: Da Julia Himmel und Hölle in Bewegung gesetzt *hätte,* ist es auch so als ob – und hatte entsprechend gehandelt. Mit jemandem vor Augen, dessen Bücher er überaus schätzte. Bücher der Hoffnung, der Zuversicht, nicht zuletzt im Hinblick auf das Danach, der Existenz nach dem Tod, die er als Erfüllung und Vollendung des Irdischen begriff. Nachfolger Swedenborgs gewissermaßen. Theologe, nicht Priester. Der war er gewesen, Jesuit. War aber einer Frau begegnet, Archivarin, die er dann auch heiraten wollte, worauf sich der gebürtige Ungar – mit Genehmigung seines obersten geistlichen Vorgesetzten – aus dem Orden gelöst hatte, danach auch aus seinem priesterlichen

Stand, und diesmal nun mit päpstlicher Erlaubnis. Das alles mit tiefsten seelischen Erschütterungen durchlebt, ohne allerdings auch in eine Glaubenskrise zu schlittern. Also, der Mann war bekannt, mit seinen Büchern und Vorträgen sprach er die Menschen an, wusste auch Philosophisches so zu behandeln, dass jeder folgen konnte. Jedenfalls, es schien ein gelingendes Leben und Wirken zu sein, Symbiose aus religiöser Geistigkeit und weltlicher Daseinsintensität. Dann die Katastrophe, die Entdeckung nämlich einer unheilbaren Krankheit. Dass sie unheilbar war, wollte indes die Frau, inzwischen seine Frau, nicht hinnehmen. In aller Welt, und das war buchstäblich zu nehmen, fahndete sie nach der Kapazität, die dem tödlichen Befund, und der war schon gestellt worden vom Besten seines Fachs, sich entgegenstemmen würde. Der Betroffene selbst, bereits im Zustand der Zerschmetterung, er ließ sich schließlich mitreißen vom Kampf einer Liebenden, das Segel der Hoffnung blähte sich, einer durch nichts begründeten Hoffnung, und siehe da, der Professor, der es wagen wollte, er fand sich in Japan. Geschätzte Dauer des Eingriffs: acht Stunden. Und acht Stunden wurden es dann auch. Als diese überstanden waren, war zwar nicht alles gut, aber das Wichtigste. Das Leben ging weiter. Wäre nicht weitergegangen, hätte die Frau die vermeintlich unumstößliche Diagnose hingenommen. Was lehrte das? Jedenfalls, er konnte in Stockholm vorstellig werden, hatte leichtes Spiel insofern, als es sich um *ihn* handelte, hatte aber natürlich überhaupt kein leichtes Spiel, was die verborgene Handhabung des ganzen Unternehmens betraf. Nicht mal Kelly hatte er eingespannt. Eingeweiht erst recht nicht. Julia, sie, wäre diejenige gewesen, aber sie wollte er unter allen Umständen heraushalten. Nun jedoch war das Ende der Fahnenstange erreicht. Stockholm hatte den Schlusspunkt gesetzt, den letzten. Käme es aber jetzt nicht darauf an, Stockholm die Zunge herauszustrecken? Dem vermeintlich Unabwendbaren doch eine Wende zuzutrauen, egal, wie – siehe der Ungar – zerschmettert das eigene Gefühl? Und er hatte sie ja auch, die Frau. Die ebenso sich hineinstürzen würde, wie die jenes theologischen Autors. Nein, es gab da nichts zu überlegen, er musste Julia einweihen, hätte es längst tun müssen. War geradezu frevelhaft gewesen, seine Unterlassung. Wie hatte er sich so verhalten können? Ein Mensch zwar unter vernichtendem Druck, aber nicht von Sinnen.

Schweiß brach ihm aus.

„Was geht dir durch den Kopf?" Anselmos Stimme zitterte wie die Hand, mit der er dem Freund Wein nachschüttete.

„Jetzt muss ich Julia beides eröffnen", sagte Alexander – „wie bei dir."

„Sie wird es verkraften", sagte Anselmo, „was auch heißt, sie wird Kraft daraus ziehen."

Natürlich setzte er darauf, dass Julia nicht aufgeben wird, trotz allem nicht, dachte er. Und, was sagte sein Anselmo?

Er sagte „Noch ist nicht aller Tage Abend, Alexander – trotz allem nicht."

Alexander musste lächeln: „Sagst du das, oder glaubst du das?"

„Ich hoffe es. Und Hoffnung gibt Paulus einen höheren Rang als Glauben. Im Übrigen …"

„Ja?"

„Ich fragte mich gerade, ob es statthaft ist, selbst einen Paulus mal auf die Hinterbank zu setzen, doch wäre es nicht angebracht, mehr auf uns selber zu hören, statt ständig nach irgendwelchen Kapazitäten und Belegen zu rufen? Wen und was haben wir nicht alles in unserem Gespräch hier angeführt.

Entscheidend aber sind wir, wir als von Gott geschaffene Person, kein anderer."

„Nicht mal der Apostel."

„Nicht mal der."

Dass von seiner Krankheit nichts durchsickern dürfe, müsse er nicht erst sagen.

Er sage es gerade.

Versuch eines Schmunzelns.

„Oder vielleicht Veronica – ihr könntest du es mitteilen."

„Sag mir Bescheid, wenn du mit Julia gesprochen hast."

„Sie hat sich ohnehin für heute Abend angekündigt, will was von mir etwas abholen."

„Grüß sie ausdrücklich."

„Mach ich."

Auch wegen Anselmo musste er verschwinden. Was hatte er ihm nicht zugemutet heute. Etwas gesagt bekommen und es begreifen, dazwischen klaffte ein Graben, ein tiefer.

Und zu sagen gab es ja nichts mehr, von ihm aus nicht.

„Ich werde mich also aufmachen", sagte er.

Blieb aber eigentlich noch die Lossprechung.

Oder?

Anselmo machte keine Anstalten.

Ihm fiel seine gemeinsame Beichte mit Julia ein. Hätte er sie einfach mitbringen sollen? Eine Möglichkeit wär's gewesen, nur: Es wäre etwas so total Neues gewesen, und das vor einem Dritten, und sie kannte ja Anselmo nicht. Total neu würde es indes auch nachher sein, aber dann waren sie unter sich. Und wenn er sie, so am Schluss, noch zu seiner Privatsekretärin machen würde?

Dass er darauf nicht längst gekommen war.

Eine Frau im Vorzimmer des Papstes.

Ginge ebenso um die Welt wie seinerzeit seine Wahl.

Es wäre freilich die Schwester – das gäbe der Sache einen etwas weniger prickelnden Schimmer.

Trotzdem.

Die Frage wäre nur: Würde sie es wollen?

Ein- und ausgegangen bei ihm war sie doch immer schon, bis hin zu dem Schreibtisch, auf den er als Exzellenz seine Füße legte.

Der Anflug von Vergnügen versickerte aber sofort wieder. Als er sich erhob, bemerkte er, wie erschöpft er war. Erschöpft von einem unbegreiflichen, gleichwohl hingenommenen Leben. Er hatte zusammengeführt, was nicht zusammengeführt werden durfte, es dennoch nicht als verabscheuungswürdig, vielmehr als notwendig empfunden. Als Erster, auf immer als Einziger? Auf seine Fragen gab es keine Antwort. Anselmo aufzusuchen, war gut gewesen, es nachher Julia anzuvertrauen, würde noch besser sein. Aber es blieb dabei: Die Lösung, die er gefunden, gewählt hatte, war keine *Er*lösung. Priester und Frau: unüberbietbar die Quadratur des Kreises, bisher jedenfalls. Freiheit und Fluch kreuzten sich bei ihm wie zwei Säbel.

Und Vorwegnahme als Entschuldigung? Konnte die Handlungssouveränität des Ichs als Legitimität reichen? Wie nur hatte das alles geschehen können, wie es geschehen war?

Und doch, wie kam's, fühlte er sich auf einmal leicht. Die Leichtigkeit eines aufsteigenden Ballons. Und Ballons, sie stiegen ja auf gen Himmel.

Das Leben, dachte er freudig, ist doch voller Widersprüche.

Mithin war Gott auch der Gott der Widersprüche.

Nicht wahr?

Er spürte, wie unter ihm es sich spannte. Wie hatte Anselmo sie genannt?

TÜRÖFFNUNG

Unterwegs ging eine Bahnschranke herunter, und er schaltete den Motor ab. Während er auf das Durchbrettern des Zuges wartete, stoppte eine Gruppe Kinder mit Fahrrädern neben ihm. Ohne Scheu, aber neugierig – wer sitzt denn in diesem knautschigen Gefährt? – blickten sie ins Innere und somit auch auf ihn. Lächelnd sah er zu ihnen, nickte auch. Erkennen würden sie ihn kaum, erst recht nicht, weil das Kennzeichen keine offizielle Herkunft verriet, immerhin aber ein von der vatikanischen Gendarmerie ausgeliehenes, und irgendwie witterte einer der Jungen wohl den Hintergrund, worauf alle noch intensiver hineinlugten. Jetzt mit sichtlicher Scheu. Wie schön dieser Kranz von Heranwachsenden. Kinder und Mädchen waren auch darunter, eines trug einen roten Rock. Die Jahrzehnte schmolzen, und er sah sich in dem von Julia. Damals, auf der heimischen Straße. Es war sein erster weiblicher Auftritt gewesen, und er hatte eine solche Bedeutung, dass der Rock nie weggegeben, aufbewahrt wurde bis heute – als eine Art Reliquie lag er bei Julia in einer Truhe. Heute Abend, fiel ihm weiter ein, könnte er mit ihr über seine Fingernägel sprechen: Ob sie sie ihm tönen könnte, für einen Abend, wenn er garantiert niemand anders mehr treffen würde – in Rot natürlich auch. Leicht oval waren sie ja schon. Aber der Morgen, der Morgen. Dann musste das Ganze sein Ende haben. Trotzdem durchhuschte ihn die Vorstellung, dass er mit diesen Fingernägeln, den roten, am Schreibtisch saß und Dariottis Blick daran sich heftete, festsaugte …

Den ganzen Nachmittag hatte er nicht geraucht, jetzt steckte er sich eine an. Es wurde auch Zeit für die Tabletten. Er spürte unten einen Schmerz, doch den vertrauten, den, den er seit dem Erwachen in Basel kannte, den, den er liebte. Ob Anselmo es sich bildlich, ganz konkret vor Augen geführt hatte, seine Veränderung? Er, Alexander, unten und oben als Frau? Alles war fabelhaft zu verbergen. Nicht mal Gott könnte auf die Idee kommen, er trage einen …

Der Zug, als er endlich heranrollte, schien sich regelrecht vorwärtszuquälen. Wohl einer, der die Region bediente. Knallbunt bemalt, doppelstöckig. Alexander lächelte: erst Doppelkloster, nun Doppelstocktreno. Er ließ den Motor wieder anspringen, blieb aber noch in einen Moment bei seinem verschwiegenen Leben, zu dem gehörte, dass er eigenhändig wusch. Es war so surreal, dass Dalis Bilder dagegen vor Wirklichkeit strotzten. Ein Papst am Wasserbecken seines Bads, das rote, manchmal auch geblümte Stück durch das Wasser ziehend. Er war versorgt – versorgt, versorgt, versorgt. Neben Stockholm ein weiteres Kapitel, auf das er stolz war. Und vor so vielen Jahren schon begonnen. Jetzt war es schwierig gewesen, ja, wo Judith mit ihm gereist war. Aber er hatte sich nach einem seiner Vorgespräche eingedeckt, in einer großen Intimo-Boutique, hatte die Tüte zurückgelassen, sie abgeholt, bevor er sich dem Konklave überließ, war also mit einer zusätzlichen Fracht – ohne Aufdruck, wie sich versteht – in den Vatikan geeilt, aufatmend, dass der Himmel ihm Julia ferngehalten hatte, denn er hätte ja doch auf sie stoßen können. Wem wäre es eingefallen, in der Tüte zu vermuten, was sich in ihr tatsächlich befand? Also: Er hatte vorgesorgt, rein theoretisch. Theoretischer ging's ja gar nicht. Welchen Verlauf die Dinge aber doch mitunter nehmen. Nunmehr jedenfalls sollte Julia in sein Innerstes treten, in sein Innerstes, das auch ein Äußeres war. Heute Abend schon. Ab jetzt würde nicht mehr er am Waschbecken stehen. Endlich würde er es ihr überlassen, endlich.

In diesem Moment fühlte er sich frei wie ein Vogel. Am Horizont dämmerte etwas, ja, aber es spülte nicht hinein in seine Leichtigkeit. Er fuhr bereits wieder, malte sich aus, dass man ihn unterwegs bei aller Verkleidung erkennen könnte. Getönte Scheiben und erst recht Sicherheitsbegleitung, beides dringend empfohlen, hatte er von Anfang an für seine persönlichen Touren abgelehnt, hatte sich also bewusst in Gefahr begeben. Was war eine private Ausfahrt gegen einen privaten Flug nach Schweden, ein zweitägiges Abtauchen? Ihm war klar gewesen: Das wird kochen im Vatikan und nicht nur dort. Und hätte mit Leichtigkeit nach außen, an die Presse dringen können. Das in Kauf zu nehmen, war so abenteuerlich wie mit Turnschuhen den Mount Everest zu besteigen. Schon auf dem Flug nach Stockholm tat es ihm leid, dass er Kelly nicht einfach gesagt hatte, er wolle sich durchchecken lassen, nur so und mal nicht vom guten Professore, wünsche aber natürlich, dass darüber nichts nach außen dringe, der eigene Bunker eingeschlossen. Denn ein Chef, bisher megafit, der sich plötzlich untersuchen ließ? Kelly hätte es ohne weiteres geschluckt. Doch wenn er schon Julia im Unklaren ließ …

Die Begründung, die er ihr wie nebenbei serviert hatte, hatte sie bereitwilligst entgegengenommen: Ein Verdacht, Alexander könnte ihr etwas auftischen, wäre bei ihr absurd gewesen. Kelly war er damit gekommen, dass er da etwas zu erledigen habe, was eine Abwesenheit unumgänglich mache. Dennoch bleibe er selbstverständlich ansprechbar, im äußersten Notfall. Alexander lächelte: Der äußerste Notfall war er selbst gewesen. Jedenfalls: Dass er *das* alles geschafft hatte, seine Krankheit in einen Mantel des Schweigens, des Verschweigens zu hüllen und besonders die Organisation des Drumherums durchzuziehen und das bei seinem Job – er hielt es für seine größte Leistung im Bereich proaktiver Lebenskunst. Einerseits beschwerte der Anlass, aus dem das alles geschah, die Situation noch erheblich, andererseits verlieh er ihm Stoßkraft.

Das mit Julia nachher – zum ersten Mal sah er einem Zusammensein mit ihr mit Beklemmung entgegen.

Er hätte sie längst in alles einbinden müssen.

Innerlich war sie ja auch eingebunden. Immer, in allem.

Trotzdem – Ihr etwas ersparen zu wollen, war falsche Rücksicht gewesen.

Ihr gegenüber war Rücksicht nie am Platze.

Das nun aber war zu ändern. Noch war ja Zeit. Wie würde Kelly sagen: Es jetzt proaktiv angehen, vollumfänglich.

An Julia zu denken, in dieser Sache an sie zu denken, tat weh. War sie doch ohnehin die Einzige, die je für ihn in Frage kam. Hätte er sich je einen Mann vorstellen können? Niemals. Einer, *einer,* war ihm als Mann sympathisch gewesen, und das auch nur im Film: Gary Cooper.

Was ihm für die nächste Zeit noch bevorstand, Gott sei Dank bevorstand, war ein Besuch in den USA. Natürlich mit einer Rede vor der UN-Vollversammlung. Und mit einer zweiten vor dem zur selben Zeit in New York tagendem naturwissenschaftlichen Weltkongress. Für den hatte er, wie seinerzeit in Stockholm, eine Personalie im Fächer, die ihm schon in seiner Jugend intensiv beschäftigt und vor allem begeistert hatte: Teilhard de Chardin, wobei Swedenborg, sein schwedischer Stern, durchaus mit dem Franzosen in Verbindung zu bringen war. Teilhard de Chardin – seinerzeit in aller Munde, inzwischen beinah nur noch ein Name für Kenner. Weltweite Sympathie schlug dem Geologen, Anthropologen, Philosophen, Paläontologen – was war er eigentlich nicht? – vor allem deswegen entgegen, weil er ins Fadenkreuz vatikanischer Inquisitoren und mit seinen Werken in die Nachfolge von Galilei geraten war. Was allerdings bei dem aristokratisch aufgewachsenen Überflieger aus der Auvergne hinzukam: Er war Priester, Jesuit, hatte aber in der Führung des

Ordens keinerlei Rückhalt, in Rom erst recht nicht, sodass die von ihm entworfene Omega-Theologie im Kopf und auf dem Schreibtisch blieb, jene Vision, bei der göttlicher und weltlicher Kosmos aufeinander bezogen erschienen und sich den Menschen als befreiende Zukunft offenbarte. Teilhard schrieb und schrieb, fand aber bei den geistlichen Zensoren keine Gnade, durfte nicht veröffentlichen, geriet in die Rolle des verfemten Außenseiters, Häretikers geradezu, fand sich in bedrängender Einsamkeit, auch von Wahnsinns-Ängsten heimgesucht. Und desertierte dennoch nicht, blieb in der Kirche, blieb im Orden. Was er in seiner Kirche nicht fand, fand er bei Frauen, in deren Wärme er atmen und aufatmen konnte. Es waren besonders die Mutter, die Sekretärin, die Schwester, die Cousine, letztere vor allem, denn zu der war das Verhältnis nicht nur verbal ein vertrauliches. Zum Schluss, ausgebrannt, zog er nach New York, Park Avenue 980, zwar mit einem revolutionären, aber geächteten Welt- und Heilsentwurf, der erst nach seinem Tod einer faszinierten Öffentlichkeit bekannt wurde. Ein Tod übrigens, den Alexander bis jetzt nahezu als Verheißung empfand, denn er trat ein am Fest der Auferstehung, Ostern 1955 – nach einem wahren Lebens-Karfreitag. Die Zahl der Beiträge, die sich mit seinem Denken beschäftigten, schnellte nun in astronomische Höhen. Der Rückblick auf sein Leben indes, auf das Eis, mit dem Rom seine genialischen Entwürfe überzogen hatte, es konnte einen nur schaudern lassen. Alexander reihte ihn ein in die Reihe der Märtyrer, hatte doch auch Teilhard sein Blut gegeben, sein Herzblut, für die Sache Christi. Und wer hatte das Blut aus ihm herausgepresst? Die Kirche, seine. Heute konnte die Täter-Instanz sich gelassen zurücklehnen, denn der einst so Strahlende, so Angestrahlte, er war nicht mehr in, galt als überholt, aber wie viele hatten als überholt gegolten, bis auf einmal doch wieder Flammen aus ihrem Werk und Namen schlugen, trotz allem Neuem. Für Alexander indes blieb er ein Fanal, ein Mensch, der oben lebte, immer oben, auch wenn unter ihm Scheiterhaufen angezündet wurden, vatikanische Wächter Speere nach ihm warfen. Ihn also würde er vor den Koryphäen der Wissenschaft feiern, ihm, dem glühenden Herold einer aufgipfelnden Zukunft, das fällige Denkmal setzen, und darauf freute er sich.

Ungemein sogar. Dass sein vatikanischer Kreml dabei schlecht wegkommen würde, ein weiteres Mal und sogar aus dem Munde seines höchsten Repräsentanten – es war ihm nur recht. Froh machte es ihn, dass Teilhard zwar nicht von Erfolg, aber von Frauen umgeben gewesen war. Dieses Glück zumindest hatte er genießen können. Und wer konnte es wissen, war es vielleicht nicht das größere? Er nahm sich vor, bei seinem Besuch am Hudson River Teilhards letzte Adresse aufzusuchen. Er suchte gern Stätten auf, wo ihm Nahestehende gelebt hatten. Fraglich jedoch, ob Park Avenue 980 in der alten Form noch existierte. New York änderte sich rascher als eine Wolke. Er würde aber wetten: Ein Nuntius hatte noch nie einen Fuß dorthin gesetzt, ein Ordensgeneral der Jesuiten auch nicht.

Seine gute Stimmung bescherte ihm noch die Wiederkehr einer früheren Überlegung, und sie hing mit Teilhard zusammen – und zwar so, dass er sich in gewisser Weise in dessen Nachfolge vorfinden konnte. Es hatte seinen Ausgangspunkt in der Person Maria, seinem eigenen großen Thema. Stichwort: „Unbefleckte Empfängnis", bis heute Gegenstand ungezählter Erörterungen. Wie, war sein Einfall gewesen, wenn der kirchliche Mythos begründet war in einer vorgezogenen Möglichkeit – der inzwischen schon zum Marktangebot avancierten Möglichkeit nämlich, Leben auch ohne Beteiligung des Mannes zu erzeugen? Mutterschaft minus

144

Beischlaf. Maria hätte ihn dann tatsächlich nicht gebraucht, ihren Josef. Seine, in der ersten Ausgabe des Marien-Buches nur angedeutete These: Alle Entdeckungen und Entwicklungen sind immer schon in der Welt, allerdings in verschlüsselter, verschlossener Weise, könnten indes – und das war das Entscheidende – unter besonderen Umständen bereits lange vor ihrer Zeit in einer Art menschlichen Sternstunde, unter Umständen auch einer sehr bösen, Ausdruck finden, einer vielleicht gar göttlich inspirierten. Dies in der angestrebten zweiten Buchfassung näher zu umkreisen, war sein großer und geheimer Plan, wurde jedoch durch sein Amt ständig blockiert. Immerhin: Dutzende von Zetteln, schnell festgehaltenen Einfällen waren vorhanden. Er würde sich die Zeit einfach nehmen, würde, würde, würde.

Würde, wenn die Zeit nicht bei ihm anklopfte. Trotz des Schmerzes musste er aber lächeln, auch, weil ihm noch eine bestimmte Erinnerung milde dazwischenfunkte: Was weißt du eigentlich von Salome? hatte er Julia mal mit gespielt ernster Miene gefragt. Also das werde er ihr doch hoffentlich noch zutrauen, hatte diese geantwortet – dass sie von dem Verlangen dieser hebräischen Viper wisse, ihr den Kopf des Täufers Johannes auf dem Tablett zu servieren. Nein, natürlich nicht auf das verruchte Ansinnen jener schlimmen Dame habe er reflektiert, war es heiter aus seinem Mund geflossen, vielmehr auf das verfemte „Protoevangelium des Jakobus", in dem von einer anderen Salome berichtet werde, einer, die der behaupteten Jungfrauengeburt keinem Glauben schenken mochte, deswegen Maria gynäkologisch genauestens habe in Augenschein nehmen wollen. Gewissermaßen ein weiblicher ungläubiger Thomas. Sie habe sich also auf den Weg zu Maria gemacht, ohne indes sich deren Schoß dann vornehmen zu können – ihre Hand sei nämlich plötzlich verdorrt. Erst als sie sich später doch zum göttlichen Ursprung der vielberedeten Schwangerschaft bekannt habe, sei das Leben in ihre Hand zurückgekehrt. Eine nicht autorisierte, doch hübsche Begebenheit, die er auf jeden Fall in sein Buch aufnehmen würde, die er in sein Buch aufgenommen hätte, wenn …

Ungeschrieben würde auf jeden Fall bleiben, was er gerne hätte schreiben wollen, immer schon: einen Roman. Der Traum so vieler, und hier war Julia natürlich eingeweiht. Dass dieser Traum längst ausgeträumt war, spätestens mit seiner Wahl, änderte nichts am Bedauern, wenngleich ihm die Sicherheit fehlte, ob ihm die Fähigkeit zu belletristischer Arbeit überhaupt gegeben war. Er glaubte aber: ja, zumal er eine der Voraussetzungen als erfüllt ansah, nämlich die Neugier auf Menschen. Ein Autor müsse sie „verschlingen", sie „auspressen" hatte er bei der Engländerin Radclyffe Hall gelesen, und zwar dort, wo sie leben. Neben Phantasie hautnahe Erfahrung also. Nach der hatte es ihn immer verlangt. Julia hatte seinen Wunsch immer toll gefunden, nur war er ihr schuldig geblieben, um was es denn in seinem Roman gehen solle. Da er ja sowieso nie dazu kommen werde, ernsthaft ein erzählendes Werk in Angriff zu nehmen, habe er sich in dieser Richtung noch keine Gedanken gemacht. Dabei wusste er sehr wohl, was der Inhalt seiner Geschichte sein würde.

Verweht, verweht. Trotzdem tat es ihm gut, an diesen Traum zu denken. Anfangs war da freilich auch ein Lächeln gewesen: Der Intellektuelle, der partout mal einen Roman schreiben will. Nur: War er überhaupt ein Intellektueller? Ein Intellektueller liebte Gedanken, er aber liebte das Leben. Gedanken freilich auch. Irgendwie war er alles. Vielleicht, dachte er beim Überholen eines Eselkarrens, würde er Kelly noch als Weihbischof nach New York hieven. Kelly an den Hudson – und Julia ins Vorzimmer, warum nicht? Schwerpunktauftrag für

Kelly wäre: Amerikanische Nonnen. Da war Umwälzendes im Gange, bis hin zur Ausübung weiblichen Priestertums. Geschah von dort der Mauerfall der Kirche? Schon Carol Stone war ein Licht gewesen. Zwar in England, aber eine Vorhut. Julia kam gar nicht los von dem Brandherd Amerika. Am liebsten hätte sie ihr Pferd gesattelt und wäre über die neue Prärie geprescht, die neue Erde. Und dann wäre ja noch die Sache mit Thomas Merton. Höchste Zeit, da Licht hineinzubringen, in Leben und vor allem Tod dieses Überfliegers ohne Überhebung. Mönch wie Anselmo, Trappist und Mystiker, doch voll im Strom der Zeit. Bücher regalweise und vor allem viel, viel Liebe, irdische, wieder mal bei einem Priester, zuletzt eine ganz große mit einer Krankenschwester. Als er sich 1941 zur Kutte entschloss, hatte er bereits eine uneheliche Tochter, sie starb bei Luftangriffen in London. Ein Leben steil nach innen, steil nach außen. Radikaler Gottsucher mit besten Drähten zur Welt. Amerikaner der Sonderklasse. Dann jedoch das Bekenntnis, am Ende zu sein, verschwinden zu wollen. Tatsächlich fand man ihn tot in seinem Zimmer, im sogenannten besten Alter. Suizid, vermuteten die einen, Mord, mutmaßten andere, Unfall mit einem Ventilator, behauptete sein Orden. Der unternahm eine Menge, um die Existenz dieses Menschen aus den eigenen Reihen zu verhängen, sodass bis jetzt die Frage loderte. Wie lagen sie, die Dinge bei Thomas Merton? Wenn einer den Vorhang wegziehen könnte, so Kelly, der ohnehin ein Merton-Fan war – und einer von Robert Lax, Freund des Trappisten und wie dieser ein ebenso suchender wie schöpferischer Geist. Geschriebenes also in Hülle und Fülle, aber noch längst nicht alles gedruckt. Der Amerikaner und Freund des Beat-Königs Jack Kerouac war mehr Lebens- als Schreibkünstler, suchte eher den Menschen als den Verleger. Auch und vor allem, und das machte ihn fast einzigartig in der Welt der Artisten,

Jongleure, überhaupt der Zirkusleute zu Hause, für ihn Existenzen, die täglich „neue Paradiese erfinden". Eine Art Paradies fand er auch für sich selbst: auf der biblisch umwehten, aber felsharten Insel Patmos, wo er als Einsiedler, aber als ein ins Leben verliebter, für so manchen Ratsuchenden ein Fels in der Brandung wurde. Also Kelly musste in die USA, das war klar, allein schon wegen Merton und Lax. Der Lax, der nicht lax war, dachte er fröhlich. Doch war es eigentlich so wichtig, alles genau auszuleuchten? Und wie viele Gedanken blieben sowieso in der Person. Noch konnten sie nicht gelesen, abgerufen werden. Noch nicht. Schonzeit vor der Glaszeit.

Dass Julia Kelly mochte, *sehr:* er hatte es schon lange bemerkt, mit Freude. Einfach so.

Mal einen Augenblick nur so im Sein sein, im Dasein.

Das, dachte er, können Intellektuelle nicht, und darum war er auch keiner.

Aber der Vatikan, vor allem dieses bedrückende Stockwerk, seines. Er da oben und unten auf dem Platz die sogenannte Herde. Als Hirt fühlte er sich überhaupt nicht; Hirt war ja auch ein anderer. Es kostete ihn jedes Mal Überwindung, hinauszutreten. Gehörten aber nun mal dazu, diese erhöhten Auftritte. Mussten sicher auch sein. Sicher? Was war schon sicher? Im vermeintlichen Hort der Sicherheiten jedenfalls gar nichts mehr. Gott sei Dank nicht. Seine Chance. Die jedoch mit jeder Sekunde beschnitten wurde. Dabei hätte er jetzt richtig durchstarten können. Nur: Wozu? Wofür war er Papst, mit einem Apparat, als hätte er eine wirkliche Welt zu regieren? Aber wer glaubte denn noch, wer nahm ihn tatsächlich ernst, wartete auf sein Wort? Wessen Oberhaupt war er? Das Amt des Papstes: Ein Oben ohne ein Unten, fast. Gut, für einen Moment hörte man ihm zu, als einer vermeintlichen Autorität aus einer verblichenen, immer aber noch glaubwürdigen Welt. Er musste lächeln. Es war auch beruhigend, jemanden zu haben, der scheinbar verheiratet war mit der Wahrheit, zumindest der Aufrichtigkeit. Das Lächeln hielt an. Wenn überhaupt, dann war er Papst in Katakomben, für die, die noch nicht aufgegeben hatten, oder für die Ersten der Kommenden, auch das war ja möglich. Eine Kirche der Verheißung, ja, könnte die sich in ihm spiegeln? Oder in Anselmo, als sein Nachfolger. Leider konnte er das nicht verfügen. Außerdem: Für Anselmo gab es nichts zu verfügen. Er war richtig dort, wo er war. Schon der Kardinalshut wäre ein Unding. Aber er selbst? Rücktritt? Auf jeden Fall, dachte er – wenn es soweit war, er beeinträchtigt war. In derselben Sekunde. Bis dahin die Kirche wie matt gewordenes Silber putzen. Was allein ginge im Vatikan nicht alles ohne priesterliche Salbung?

Fast alles. Man sollte 90 Prozent in die Favelas schicken. Wenigstens die beiden Ambulanzen, die für Flüchtlingskinder und die für psychische bzw. psychiatrische Akutfälle aus dem Milieu, letztere auf Anregung eines Mitglieds der Glaubenskongregation vor einigen Monaten eingerichtet.

Stich, doch einer von der leisen Sorte. Er war ihm vertraut: Die immer wiederkehrende Frage, ob es auch für ihn und gerade für ihn nicht besser gewesen wäre, außerhalb des Vatikans ein privates Lager aufzuschlagen – soweit von privat beim Papst überhaupt die Rede sein konnte. Die Vorstellung, spätabends ohne amtliches Outfit durch die Straßen zu schlendern, in besagter Jeansjacke zum Beispiel – herrlich. Und wie viel einfacher wäre es mit Julia gewesen. Es gab der verlockenden Perspektiven damals so viele. Aber auch der bedenklichen, und letztendlich überwogen sie. Wenn, hätte es doch wohl ein Quartier in einem Kloster sein müssen, zumindest in einem geistlichen Haus, und dann wieder – Nun also Vatikan totale. Heute zumindest hatte er wieder freie Luft geschnuppert. Ob Anselmo noch vor seinem Wein saß? Ein Klasse-Wein, der von den dortigen Klosterhängen. Er würde sich noch davonkommen lassen. Er hatte Anselmo eben zurückgelassen, hatte allein zu seinem Auto gehen wollen, seiner schönen Sänfte. Es wiederzusehen war wie eine Geliebte wiederzuzusehen. Dabei hatte er sie heute ja nur für ein paar Stunden aus den Augen gelassen. Nun schmiegten sie sich wieder aneinander. Dieses Auto. Anselmo freute sich, dass er sich an ihm freute. Der Gute, der richtig Gute. Nein, einen Gefallen würde man ihm nicht tun mit dem Umzug ins richtige Rom. Und der Kirche wohl auch nicht. Und ob er im Internet zu Hause war: er wusste es bis heute nicht. Den Freund beim Twittern: richtig vorstellen konnte er es sich nicht. Ein Kind der Zeit war er nicht, aus der Zeit gefallen allerdings auch nicht. Irgendwie erinnerte Anselmo ihn an einen Raben.

Wie oft würde er ihn noch auf seinem klösterlichen Ast ansteuern können?

Gott, wen und was alles hatten sie nicht heute bemüht.

Und nun auf einmal kannte er sie doch, die Stelle mit dem Mut zur Sünde, er musste Kelly gar nicht bemühen. „Sei also ein Sünder und sündige tapfer, aber noch tapferer glaube." So hatte es Luther formuliert und natürlich nicht als Antrieb für tolldreiste Unternehmungen, sondern als Trost und Zuspruch fürs irdische Tun, das ja per se das eines Sünders ist, dem aber mitgegeben ist die Aussicht auf göttliche Gnade. Trau dich zu leben, könnte man es für den Christenmenschen zusammenfassen.

Trau dich.

Hatte er sich selbst nicht auch getraut?

Danke, Luther.

Am liebsten würde er ihn heiligsprechen, in diesem Moment.

Aber was wäre das für ein Schritt.

Man würde die Messer nicht zählen können, die gegen ihn gewetzt würden.

Die Jubelstimmen aber vielleicht auch nicht.

Nur dass die Geburt eines Heiligen eine lange Schwangerschaft voraussetzte. Selbst er könnte eine Heiligsprechung nicht abends beschließen und morgens auf dem Balkon verkünden. Erst einmal müsste ihm ein entsprechendes Dekret der Heiligsprechungs-Kongregation vorliegen.

Keine Angelegenheit von heute auf morgen.

Was ging hier überhaupt von heute auf morgen? Von heute auf morgen ginge, zu sagen, den Menschen draußen zu sagen: „Ihr seht mich, gleichwohl seht ihr mich nicht."

Wie würde der Platz auf diese, seine rätselhafte Botschaft reagieren? Mit plötzlich absoluter Stille?

Oder morgen zum Beispiel, da böte sich die Gelegenheit zum outen – im Rahmen der Generalaudienz. Es wäre am Tag nach seiner Beichte vor Julia, denn natürlich kam Julia zuerst. Der Zeitpunkt könnte doch idealer nicht sein. Seine Uhr tickte.

Aber was, was würde passieren?

Eine Art Elektroschock wäre es auf jeden Fall: nach der Erfindung des medizinischen, die Auslösung eines kirchlich-religiösen.

Und Cerlettis Schockmethode hatte nicht immer zur Heilung geführt.

So konnte auch hier das Dramatische zum Drama führen.

Hör auf, sagte er sich, und er gab sich wirklich einen Ruck – hör auf, mit verqueren Gedanken deine Zeit zu vergeuden. Ohnehin. Gedanken machte man sich nur oder oft, wenn es was zu denken gab, bei unklaren Verhältnissen also. Lag alles offen, musste man sich nicht durchs Gehirn winden. Brot, das gebacken ist, ist Brot. Dinge, die gesagt werden, sind Wirklichkeit. Licht schaffen, im Licht sein. Ihm sich nur noch hingeben.

Vielleicht mit Schmerzen, aber nicht mehr im reflektionskranken nebbia.

Die Überlegung mit Luther, sie war aber schon sehr verlockend: Der Rebell aus Thüringen als Heiliger – als Heiliger des Mutes. Wogegen hatte er denn rebelliert? Gegen Missstände im Kirchenapparat, gegen Missstände. Römischer Unfug, der Glaube und Gläubige mit kaum gottgefälligem Firnis überzog. Und wurde deswegen von einem bornierten Papst 1521 per Exkommunikation abgestraft. Längst freilich war sogar ein Papst selber exkommuniziert worden: im 9. Jahrhundert von seinem Gegenspieler in Konstantinopel, dem orthodoxen Patriarchen. Wie viele wurden das immer noch: abgestraft, in dieser oder jener Form. Gebrochen hatte es den so frommen Feuerkopf nicht. Ihn als Vorbild nehmen, das war's, wie er einen reinen Tisch ansteuern. Keine Verordnungen, sondern Dinge in Ordnung bringen.

Wo er schon dabei war, das innere Glas zu putzen, konnte der größte, zumindest ein sehr schmieriger Fleck natürlich nicht übersehen werden: seine Leerstelle in Sachen Enzyklika. Keiner seiner Vorgänger war da so untätig geblieben wie er. Und dabei schon seit Jahr und Tag im Amt. Was ihn immer hemmte: das Gefühl, mit der Stellung der Frau in der Kirche beginnen zu müssen, was hieß: letztlich mit seiner eigenen. Er hätte sagen müssen, was er jetzt auch für einen Balkon-Auftritt sich vorstellte. Zumindest als Frage, als verpackte wenigstens, wäre eine derartige Enzyklika doch möglich gewesen, hätte ihn auch entlasten können. Das Leben ist Versäumnis, dachte er.

Eines freilich würde er nicht versäumen: Sofort würde er Menschen empfangen, die außerhalb lebten: Homos, Lesben,

Transsexuelle. Letztere besonders. Da hatte er gleich einen Auftrag für Kelly.

Dass er es nicht längst getan hatte. Gerade er.

Der deutschen Pressetante den Kardinalsrang verleihen, wie wäre es denn damit? Schließlich machte sie ihre Sache mehr als ordentlich. Tough nach außen, leidenschaftlich nach innen.

Als Gedanke wirklich nicht übel.

Ebenso gut aber könnte er Dariotti erschießen.

Oder Julia. Auch eine passende Kandidatin, da hatte Anselmo schon richtig gedacht.

Überhaupt war er immer wieder überrascht, in welchen Nischen Anselmo sich auskannte. Und Julia als Kardinal, als FRAU, die Kardinal wäre – Kardinälin!

Nein, doch nicht passend, bei Julia nicht. Julia war kein Mensch für Titel und Würden. Die Krone des Lebens, das wäre ihre Auszeichnung.

Auf einmal verspürte er Hunger, und wie. Zusammen mit Julia weg, nach dorthin, wo man zulangen könnte. So von allem etwas, aber zulangen.

Zum „Eataly" beispielsweise hatte er schon immer wollen. Nicht die beste Gegend, aber das beste Ziel.

Ja, ja, ja, das Aber.

Einmal wenigstens dürfte es kein Aber geben.

Wie viel doch noch auf der Agenda stand bei ihm.

Er beschleunigte.

Auf den letzten hundert Metern sah er eine gebückte weiße Gestalt, mit Stock.

Stock macht sich immer gut, dachte er. So wird die Ge- und die Zerbrechlichkeit augenfällig demonstriert. Und produziert das Mitgefühl: Wie er doch leidet.

Gerade Leidende aber leben länger. Alte Erfahrung.

Und diese Gestalt da lebte sogar recht behaglich, hatte sie

sich doch ein klösterliches Gehäuse außer Diensten zu einem bequemen, auf ihn zugeschnittenen Refugium herrichten lassen.

Da in den vatikanischen Gärten, eine Residenz in gewohnter Umgebung. Wäre es eine Sünde, wenn Kelly sich in seinem Auftrag mal schlau machte, aus welchem Topf finanziert der Umbau, wie hoch die Kosten überhaupt?

Kelly, er war ja gut für alles. Auch für passende Zitate. Das passendste: die frühe Aussage von Teilhard, nicht eigentlich Gott schaffe die Dinge, vielmehr lasse er sie sich schaffen.

War dem nichts so?

Der Mann in angemaßtem Weiß da: Alexander konnte seine Abneigung gegen ihn einfach nicht unterdrücken. Dessen einzige Krone: der Rücktritt, Vorbild immerhin für miese Nachfolger.

Doch selbst mit dem Respekt hatte er seine Schwierigkeiten. Das nun empfand er durchaus als Sünde.

Kelly, das fiel ihm sofort auf, machte einen gepressten Eindruck. „Nun sagen Sie schon", forderte er ihn auf, während er in seine übliche Montur schlüpfte. „Sie müssen ja doch damit herausrücken." Aber Kelly sagte nichts.

Also hatte er etwas zu sagen.

„Kelly, spannen Sie mich nicht – na, Sie wissen schon. Herausrücken müssen Sie damit ja doch. Spielen Sie also mit der Zeit nicht Pingpong."

„Kurz hinter Castel Gandolfo", kam es aus Kelly, Gesicht zur Garagenwand. „Und nicht Ihre Schwester war schuld, sondern der andere. Ausgerechnet er – ausgerechnet er kam davon. Sein Auto zwar auch hinüber, total, er selbst aber nur mittelschwer verletzt." Bei ihr dagegen von Anfang an das Ende. Der junge Mensch schluchzte, fing aber gerade noch rechtzeitig Alexander auf.

Schließlich zu dem an ihn gelehnten Oberhaupt: „Sie ist ja nur vorausgegangen – voraus, Sie wissen es, ins *wirkliche* Leben, dem, welches dem Dasein die eigentliche Fülle und Erfüllung verleiht."

Rang jedoch weiter nach Worten.

„Ja", hörte Alexander sich sagen – und Gott sei Dank werde er ihr bald folgen.

Merkwürdigerweise schien sein Sekretär nicht überrascht, wieder mal im Bilde zu sein. Alexander wollte aber sichergehen, so dass er hinzufügte: „Es steht, mein Guter, nicht zum Besten mit mir, gesundheitlich."

Kelly nickte, hilflos oder ahnend?

„Eine Zusammenkunft mit meiner Schwester", sagte Alexander, „steht mithin bevor, und wer weiß, vielleicht weiß sie dann schon, in welcher Haut ich hier steckte."

Kellys Gesicht so unbeweglich wie eine Wand.

„Immerhin habe ich schon einmal vor aller Augen einen Rock von ihr getragen, nur, dass niemand mich anblickte."

Kelly schabte an Unter- und Oberlippe.

„Die Öffentlichkeit wird es ebenfalls erfahren – natürlich nach Ihnen, Kelly. Sie sind schon jetzt dran. Mit jetzt meine ich gleich. Und ich bin gespannt, ob Sie genauso fassungslos sind wie vermutlich die Menschen draußen, wenn Sie aus meinem Mund hören, mit welchem Papst sie es in Wirklichkeit zu tun haben."

„Was für ein Tag, was für eine Stunde", murmelte Kelly. Er macht Anstalten niederzuknien.

„Das sollte man nur vor Gott."

„Sie sind auserwählt, Heiligkeit."

„Worte, Kelly. Begeben wir uns hinauf."

„Sie fühlen sich kräftig genug ...?"

Die Tränen und das Zittern waren ja nicht zu übersehen.

„Im Auto liegt eine kleine Kiste mit Wein. Nehmen Sie sie mit. Sie wurde mir noch hinterhergebracht.“

„Hinterhergebracht? Darf ich fragen, wo Sie waren?“

„Ich gehe vor“, sagte Alexander statt der erwarteten Antwort. „Oben bedienen wir uns dann. In meinem hiesigen Oben.“

Gab Kelly den Autoschlüssel. „Ihr Raum platzt vor Unerledigtem“, bemerkte der, indem er sich dem Citroen mit dem Nummernschild SCV 1 zuwandte.

„Wein, Wunsch, Wahrheit“, hörte er von hinten. „Lieber, beeilen Sie sich.“

INHALT

KONKLAVEFIEBER 5

INTERMEZZO 51

KLIMAWECHSEL 75

BEICHTE 101

TÜRÖFFNUNG 137

Vergehen es sich handelt. Auch dann nicht, wenn die Mädchen und Frauen der eigenen Familie die Opfer sind.

Das Erschütternde an diesem Roman ist die Tatsache, dass es sich um eine wahre Geschichte – eine Autobiografie – handelt. Denn Milli ist die Autorin selbst, die über ihre Kindheit, ihre Jugend und ihr junges Erwachsenenleben berichtet und darüber, wie sie versucht hat, diese Mauer des Schweigens zu durchbrechen, um endlich ihr ungewolltes Schicksal hinter sich lassen zu können. Ein Buch, das beim Lesen unter die Haut geht.

**Mika Beek
Klimanotstand - Sind wir noch
zu retten?**

Taschenbuch
254 Seiten
ISBN 978-3-9488-9203-6

E-Book
780 KB
ISBN 978-3-9488-9204-3

Der Klimanotstand bedroht die Existenz des gesamten Planeten! Die internationale Staatengemeinschaft hat die globale Erwärmung als größte Bedrohung zwar anerkannt, aber getan hatte sich bisher trotz allem relativ wenig. Doch das scheint sich jetzt endlich zu ändern. Wird im Jahr 2021 endlich die Wende eingeläutet? Immerhin beflügeln bereits zwei Ereignisse die Hoffnungen der Menschen, denn zum einen hatte Joe Biden, der neue Präsident der USA, einen radikalen Wechsel in der Klimapolitik seines Landes angekündigt und zum Onlinegipfeltreffen am 22. und 23. April 2021 über 40 Regierungschefs, darunter auch Russlands Präsident W. Putin und Chinas Staats- und Parteichef Xi Jinping, eingeladen. Und die haben es sich nicht nehmen lassen, der Welt neue, hehre Klimaziele zu verkünden. Zum anderen sorgte am 29. April 2021 ein Urteil des Bundesverfassungsgerichts für Furore. Die

Karlsruher Richter*innen haben zum ersten Mal auf höchster Ebene Generationengerechtigkeit in Klimafragen juristisch sichergestellt. Das hat nicht nur ökologische, sondern auch ökonomische Folgen. Endlich steht fest: Klimaleugnen ist gestrig, die fossile Dominanz erschüttert und Nichtstun keine Option mehr.

Um all das besser zu verstehen und einordnen zu können, ist dieses Buch entstanden. Es erklärt anschaulich, was Klima und Wetter eigentlich sind, beantwortet Fragen zur klimatischen Geschichte unseres blauen Planeten und zeigt auf, was passieren wird, wenn wir so weitermachen. Und natürlich stellt es die wichtigsten Emissionstreiber vor und hilft dir, sie zu vermeiden oder wenigstens deutlich zu reduzieren. Denn es muss endlich Schluss sein mit Green-Wischiwaschi!